民國文化與文學^{研究}文叢

十四編

李 怡 主編

第 12 冊

黑棉褲：全面抗戰爆發前的國粹電影
—— 1934～1937 年現存文本讀解（上）

袁 慶 豐 著

國家圖書館出版品預行編目資料

黑棉褲：全面抗戰爆發前的國粹電影——1934～1937年現存
文本讀解（上）／袁慶豐 著 -- 初版 -- 新北市：花木蘭文化
事業有限公司，2021〔民110〕
序6+ 目2+166 面；19×26 公分
（民國文化與文學研究文叢 十四編；第12冊）
ISBN 978-986-518-523-7（精裝）
1. 電影史 2. 電影片 3. 影評
820.9   110011214

特邀編委（以姓氏筆畫為序）：

ISBN-978-986-518-523-7

丁　帆	王德威	宋如珊
岩佐昌暲	奚　密	張中良
張堂錡	張福貴	須文蔚
馮　鐵	劉秀美	

9 789865 185237

民國文化與文學研究文叢
十四編　第十二冊　　　　　　　　ISBN：978-986-518-523-7

黑棉褲：全面抗戰爆發前的國粹電影
—— 1934～1937 年現存文本讀解（上）

作　　者　袁慶豐
主　　編　李　怡
企　　劃　四川大學中國詩歌研究院
總 編 輯　杜潔祥
副總編輯　楊嘉樂
編　　輯　許郁翎、張雅淋、潘玟靜　美術編輯　陳逸婷
印　　刷　普羅文化出版廣告事業
出　　版　花木蘭文化事業有限公司
發 行 人　高小娟
聯絡地址　235 新北市中和區中安街七二號十三樓
　　　　　電話：02-2923-1455／傳真：02-2923-1452
網　　址　http://www.huamulan.tw 信箱 service@huamulans.com
初　　版　2021 年 9 月
全書字數　216049 字
定　　價　十四編 26 冊（精裝）台幣 70,000 元

黑棉褲：全面抗戰爆發前的國粹電影
——1934～1937 年現存文本讀解（上）

袁慶豐 著

作者簡介

袁慶豐，生於內蒙古呼和浩特市（1963）。上海華東師範大學文學博士（1993）。北京大學（1996～1998、2000～2002）、美國 TCC 社區學院（1999）、北京電影學院（2009～2013）訪問學者。北京廣播學院副教授（1996）、電影學碩士生導師（2000），中國傳媒大學教授（2002）、電影學專業博士生導師（2009）。

著有《黑草鞋：1937～1945 年現存抗戰電影文本讀解》（臺灣花木蘭文化事業有限公司 2020 年版）、《黑布鞋：1936～1937 年現存國防電影文本讀解》（臺灣花木蘭文化事業有限公司 2017 年版）、《黑皮鞋：抗戰爆發前的新市民電影——1933～1937 年現存中國電影文本讀解》（臺灣花木蘭文化出版社 2016 年版）、《黑乳罩：1949 年後外國電影在中國大陸的文化傳播和世俗影響》（臺灣花木蘭文化出版社 2015 年版）、《黑馬甲：民國時代的左翼電影——1932～1937 年現存中國電影文本讀解》（臺灣花木蘭文化出版社 2015 年版）、《新世紀中國電影讀片報告》（中國傳媒大學出版社 2014 年版，未刪節版增補本《黑旗袍：中國電影的文化邏輯與市場機制——2000 年以來的文本實證》，臺灣花木蘭文化事業有限公司 2020 年版）、《黑棉襖：民國文化中的舊市民電影——1922～1931 年現存中國電影文本讀解》（臺灣花木蘭文化出版社 2014 年版）、《黑夜到來之前的中國電影——1937 年現存國產影片文本讀解》（中國廣播電視出版社 2012 年版）、《黑白膠片的文化時態——1922～1936 年中國早期電影現存文本讀解》（上海三聯書店 2009 年版）、《欲將沉醉換悲涼——郁達夫傳》（上海文藝出版社 1998 年初版、香港花千樹出版有限公司 2001 年海外繁體字版、中國傳媒大學出版社 2010 年第三版、華東師範大學出版社 2020 年第四版）、《靈魂的震顫——文學創作心理的個案考量》（北京廣播學院出版社 2002 年版）、《郁達夫：掙扎於沉淪的感傷》（山東文藝出版社 1997 年版）。近二十年來致力於中國電影歷史理論、中外經典電影文本研究、外國電影在大陸的傳播等方面的教學科研。

提　　要

從 2000 年開始，作者逐一研讀了現存的、公眾可以看到的 1938 年之前的早期中國電影文本，並為每部影片都撰寫了一篇學術論文，先後結集為《黑白膠片的文化時態——1922～1936 年中國早期電影現存文本讀解》（2009）和《黑夜到來之前的中國電影——1937 年現存國產影片文本讀解》（2012）。在回歸當年歷史語境和文化生態的前提下，作者得出如下結論：1930 年代初期新電影出現之前的，以噱頭、打鬥和鬧劇為核心元素，以社會教化為主題，以婚姻家庭和武俠神怪為主要題材的舊電影，應該被稱為舊市民電影（1905～1932）；1930 年代的新電影，除了有以階級性、暴力性和宣傳性為主要特徵的左翼電影（1932～1936），還應包括有條件地抽取借助左翼電影思想元素、側重都市文化消費的新市民電影（1933～），以及在認同舊市民電影倫理道統基礎上，既反對左翼電影激進的社會革命立場、又反對新市民電影追求娛樂消費功能的國粹電影（1934～）。

幾年前，作者將其對舊市民電影、左翼電影（及其升級換代版的國防電影）和新市民電影的未刪節（配圖）版論文（包括新增），分別輯入《黑棉襖：民國文化中的舊市民電影——1922～1931 年現存中國電影文本讀解》（2014）、《黑馬甲：民國時代的左翼電影——1932～1937 年現存中國電影文本讀解》（2015）、《黑布鞋：1936～1937 年現存國防電

影文本讀解》（2017）和《黑皮鞋：抗戰爆發前的新市民電影──1933 ～ 1937 年現存中國電影文本讀解》（2016）。現今的《黑棉褲：抗戰全面爆發前的國粹電影──1934 ～ 1937 年現存文本讀解》（包括新增個案讀解），完善了作者對全面抗戰爆發前中國電影的整體格局表達，並將其理論框架體系化、規模化：

　　舊市民電影是舊時代的唯一主流電影，新時代則有左翼電影（及其升級換代版的國防電影，以及全面抗戰爆發後的抗戰電影，即國防電影的戰時形態）、新市民電影、國粹電影共同發聲。國粹電影生成於中西方文化激烈碰撞的大背景下，在對待傳統文化大是大非的態度上，摒棄了以往舊市民電影抱殘守缺、故步自封的取用原則，代之以選取優質資源，努力在新的時代潮流中為故國舊邦找尋家國一體的立身之本、確立強健民族新生的脈動根基。作為第三種聲音，國粹電影不僅是 1930 年代中國電影多元化結構的重要組成部分，而且在全面抗戰爆發後，與復興的舊市民電影、方興未艾的新市民電影一起，在戰爭形態下的地緣政治格局中，承接、發揚著中華文化傳統和電影文化精神，繼續完善著中國電影的話語體系編程。

謹以此書獻給中國電影
企業家羅明佑（1900～1967）
和編導朱石麟（1899～1967）

研治文學史的方法與心態——代序

李 怡

　　我曾經以「作為方法的民國」為題討論過中國現代文學研究的「方法」問題，最近幾年，「作為方法」的討論連同這樣的竹內好－溝口雄三式的表述都流行一時，這在客觀上容易讓我們誤解：莫非又是一種學術術語的時髦？屬於「各領風騷三五年」的概念遊戲？

　　但「方法」的確重要，儘管人們對它也可能誤解重重。

　　在漢語傳統中，「方」與「法」都是指行事的辦法和技術，《康熙字典》釋義：「術也，法也。《易‧繫辭》：方以類聚。《疏》：方謂法術性行。《左傳‧昭二十九年》：官修其方。《注》：方，法術。」「法」字在漢語中多用來表示「法律」「刑法」等義，它的含義古今變化不大。後來由「法律」義引申出「標準」「方法」等義。這與拉丁語系 method 或 way 的來源含義大同小異——據說古希臘文中有「沿著」和「道路」的意思，表示人們活動所選擇的正確途徑或道路。在我們後來熟悉的馬克思主義哲學中，「世界觀」與「方法論」的相互關係更得到了反覆的闡述：人們關於世界是什麼、怎麼樣的根本觀點是「世界觀」，而借助這種觀點作指導去認識世界和改造世界的具體理論表述，就是所謂的「方法論」。

　　在我們的傳統認知中，關於世界之「觀」是基礎，是指導，方法之「論」則是這一基本觀念的運用和落實。因而雖然它們緊密結合，但是究竟還是以「世界觀」為依託，所以在「改造世界觀」的社會主潮中，我們對於「世界觀」的闡述和強調遠遠多於對「方法」的討論，在新中國改革開放前的國家思想主流中，「方法」常常被擱置在一邊，滿眼皆是「世界觀」應當如何端正的問題。這到新時期之初，終於有了反彈，史稱「1985 方法論熱」，

一時間，文藝方法論迭出，西方文藝社會學、心理學、語言學、原型批評、接受美學、結構主義、解構主義、新批評、現象學、存在主義、解釋學、以及借鑒的自然科學方法（系統論、控制論、信息論、模糊數學、耗散結構、熵定律、測不準原理等等），這些令人眼花繚亂的「新方法」衝破了單一的庸俗社會學的「舊方法」，開闢了新的文學研究的空間。不過，在今天看來，卻又因為沒有進一步推動「世界觀」的深入變革而常常流於批評概念的僵硬引入，以致令有的理論家頗感遺憾：「僅僅強調『方法論革命』，這主要是針對『感悟式印象式批評』和過去的『庸俗社會學』而來的，主要是針對我們把握世界的『方式』而言的。『方法論革命』沒有也不能夠關注到『批評主體自身素質』的革命。」〔註1〕

平心而論，這也怪不得 1985，在那個剛剛「解凍」的年代，所有的探索都還在悄悄進行，關於世界和人的整體認知——更深的「觀念」——尚是禁區處處，一切的新論都還在小心翼翼中展開，就包括對「反映論」的質疑都還在躲躲閃閃、欲言又止中進行，遑論其他？〔註2〕

1960 年 1 月 25 日，日本的中國研究專家竹內好發表演講《作為方法的亞洲》。數十年後，他已經不在人世，但思想的影響卻日益擴大，2011 年 7 月，溝口雄三《作為方法的中國》在三聯書店出版。〔註3〕 此前，中文譯本已經在臺灣推出，題為《做為「方法」的中國》。〔註4〕而有的中國學者（如孫歌、李冬木、汪暉、陳光興、葛兆光等）也早在 1990 年代就注意到了《方法としての中國》，並陸續加以介紹和評述。最近 10 年的中國思想文化與文學批評界，則可以說出現了一股「作為方法」的表述潮流，「作為方法的日本」、「作為方法的竹內好」、「亞洲」作為方法，以及「作為方法的 80 年代」等等都在我們學術話語中流行開來，從 1985 年至 1990 年直到 2011 年，「方法」再次引人注目，進入了學界的視野。

這裡的變化當然是顯著的。

雖然名為「方法」，但是竹內好、溝口雄三思考的起點卻是研究者的立場和研究對象的特殊性。中國何以值得成為日本學者的「方法」總結？歸

〔註1〕吳炫：《批評科學化與方法論崇拜》，《文藝理論研究》，1990 年 5 期。
〔註2〕參見夏中義：《反映論與「1985」方法論年》，《社會科學輯刊》，2015 年 3 期。
〔註3〕溝口雄三：《作為方法的中國》，孫軍悅譯，北京：三聯書店，2011 年。
〔註4〕林右崇譯，國立編譯館，1999 年。

根結底，是竹內好、溝口雄三這樣的日本學者在反思他們自己的學術立場，中國恰好可以充當這種反省的參照和借鏡。日本學人通過中國這樣一個「他者」的來參照進行自我的批判，實現從「西方」話語突圍，重新確立自己的主體性。竹內好所謂中國「迴心型」近現代化歷程，迥異於日本式的近代化「轉向型」，比較中被審判的是日本文化自己。溝口雄三批評那種「沒有中國的中國學」，其實也是通過這樣一個案例來反駁歐洲中心的觀念，尋找和包括日本在內的建立非歐洲區域的學術主體性，換句話說，無論是竹內好還是溝口雄三都試圖借助「中國」獨特性這一問題突破歐洲觀念中心的束縛，重建自身的思想主體性。如果套用我們多年來習慣的說法，那就是竹內好－溝口雄三的「方法之論」既是「方法論」，又是「世界觀」，是「世界觀」與「方法論」有機結合下的對世界與人的整體認知。

事實上，這也是「作為方法」之所以成為「思潮」的重要原因。在告別了 1980 年代浮躁的「方法熱」之後，在歷經了 1990 年代波詭雲譎的「現代－後現代」翻轉之後，中國學術也步入了一個反省自我、定義自我的時期，日本學人作為先行者的反省姿態當然格外引人注目。

如果我們承認中國當代學術需要重新釐定的立場和觀念實在很多，那麼「作為方法」的思潮就還會在一定時期內延續下去，並由「方法」的檢討深入到對一系列人與世界基本問題的探索。

在中國現當代文學的領域中，我堅持認為考察具體的國家社會形態是清理文學之根的必要，在這個意義上，「民國作為方法」或「共和國作為方法」比來自日本的「中國作為方法」更為切實和有效。同時，「民國作為方法」與「共和國作為方法」本身也不是一勞永逸的學術概念，它們都只是提醒我們一種尊重歷史事實的基本學術態度，至於在這樣一個態度的前提下我們究竟可以獲得哪些主要認知，又以何種角度進入文學史的闡述，則是一些需要具體處理、不斷回答的問題，比如具體國家體制下形成的文學機制問題，國家觀念與民族意識的互動與衝突，適應於民國與共和國語境的文學闡述方法，以及具體歷史環境中現代中國作家的文學選擇等等，嚴格說來，繼續沿用過去一些大而無當的概念已經不能令人滿意了，因為它沒有辦法抵近這些具體歷史真相，撫摸這些歷史的細節。

「民國作為方法」是對陳舊的庸俗社會學理論及時髦無根的西方批評理論的整體突破，而突破之後的我們則需要更自覺更主動地沉入歷史，進

入事實，在具體的事實解讀的基礎上發現更多的「方法」，完成連續不斷的觀念與技術的突破。如此一來，「民國作為方法」就是一個需要持續展開的未竟的工程。

對文學史「方法」的追問，能夠對自己近些年來的思考有所總結，這不是為了指導別人，而是為自我反省、自我提高。自我的總結，我首先想起的也是「方法」的問題，如上所述，方法並不只是操作的技術，它同樣是對世界的一種認知，是對我們精神世界的清理。在這一意義上，所有的關於方法的概括歸根到底又可以說是一種關於自我的追問，所以又可以稱作「自我作為方法」。

那麼，在今天的自我追問當中，什麼是繞不開的話題呢？我認為是虛無。

在心理學上，「虛無」在一種無法把捉的空洞狀態，在思想史上，「虛無」卻是豐富而複雜的存在，可能是為零，也可能是無限，可能是什麼也沒有，但也可能是人類認知的至高點。是一個複雜的概念。在今天，討論思想史意義的「虛無」可能有點奢侈，至少應該同時進入古希臘哲學與中國哲學的儒道兩家，東西方思想的比較才可能幫助我們稍微一窺前往的門徑。但是，作為心理狀態的空洞感卻可能如影隨形，揮之不去，成為我們無可迴避的現實。這裡的原因比較多樣，有個人理想與社會現實感的斷裂，有學術理念與學術環境的衝突，有人生的無奈與執著夢想的矛盾……當然，這種內與外的不和諧本來就是人生的常態，對於凡俗的人生而言，也就是一種生活的調節問題，並不值得誇大其詞，也無須糾纏不休。但對於一位以實現為志業的人來說，卻恐怕是另外一種情形。既然我們選擇了將思想作為人生的第一現實，那麼關乎思想的問題就不那麼輕而易舉就被生活的煙雲所蕩滌出去，它會執拗地拽住你，纏繞你，刺激你，逼迫你作出解釋，完成回答，更要命的是，我們自己一方面企圖「逃避痛苦」，規避選擇，另一方面，卻又情不自禁地為思想本身所吸引，不斷嘗試著挑戰虛無，圓滿自我。

這或許就是每一位真誠的思想者的宿命。

在魯迅眼中，虛無是一種無所不在的「真實」，「當我沉默著的時候，我覺得充實；我將開口，同時感到空虛」（《野草》題辭）「絕望之為虛妄，正與希望相同」（《希望》）「於浩歌狂熱之際中寒；於天上看見深淵。於一

切眼中看見無所有；於無所希望中得救。」(《墓碣文》) 所以，他實際上是穿透了虛無，抵達了絕望。對於魯迅而言，已經沒有必要與虛無相糾纏，他反抗的是更深刻的黑暗──絕望。

虛無與絕望還是有所不同的。在現實的世界上，盼望有所把捉又陡然失落，或自以為理所當然實際無可奈何，這才是虛無感，但虛無感的不斷浮現卻也說明在大多數的時候，我們還浸泡在現實的各自期待當中，較之於魯迅，我們都更加牢固地被焊接在這一張制度化生存的網絡上，以它為據，以它為食，以它為夢想，儘管它無情，它強硬，它狡黠。但是，只要我們還不能如魯迅一般自由撰稿，獨自謀生，那就，就注定了必須付出一生與之糾纏，與之往返。在這個時候，反抗虛無總比順從虛無更值得我們去追求。

於是，我也願意自己的每一本文集都是自己挑戰虛無、反抗虛無的一種總結和記錄。

在我的想像之中，每一個學術命題的提出就是一次祛除虛無的嘗試，而每一次探入思想荒原的嘗試都是生命的不屈的抗爭。

回首這些年來思想歷程，我發現，自己最願意分享的幾個主題包括：現代性、國與族、地方與文獻。

「現代性」是我們無法拒絕卻又並不心甘情願的現實。

「國與族」的認同與疏離可能會糾結我們一生。

「地方」是我們最可能遺忘又最不該遺忘的土地與空間。

「文獻」在事實上絕不像它看上去那麼僵硬和呆板，發現了文獻的靈性我們才真的有可能跳出「虛無」的魔障。

如果仔細勘察，以上的主題之中或許就包含著若干反抗虛無的「方法」。

2021 年 6 月於長灘一號

民族電影的實證寫作
——談談袁老師的「國粹電影」研究

劉麗莎

　　在中國電影史領域的眾多研究者中，我的導師袁慶豐教授是很特別的一位學者，這種特別既體現在他文字風格的活潑風趣上，更體現在他的思維和研究方法上。當尋求一種宏大的特色理論來解釋、歸納中國電影的發展成為學界主要的研究方向之一時，他卻數十年如一日地致力於微觀電影史的寫作，尤其對黑白膠片有種近乎偏執的喜愛。

　　對於中國電影的研究，他有一套原創且完整的理論體系——從實證文本出發，根據其不同的特色，將中國早期電影劃分為舊市民電影、左翼電影、新市民電影、國粹電影、國防電影、抗戰電影諸種形態。其中，左翼電影、國防電影與抗戰電影，是以往中國電影史既有的劃分與定義，他在發掘每種形態的特性基礎之上，打通了這三者乃至其與 1949 之後大陸紅色經典電影之間的內在文化邏輯關聯。

　　在「官修史學」程季華主編的《中國電影發展史》的研究範式影響之下，左翼電影因其「正統地位」成為中國早期電影史學研究的主要關注對象，與此同時，一些電影成為「不可見的電影」，在歷史敘述中處於被遮蔽的狀態。例如，我們要怎麼認知 1920 年代甚至更早的電影文本，它們僅僅是萌芽、探索時期登不了大堂的低俗玩意嗎？它們與現代性有著怎樣的關聯？早期的消費主義與技術主義以及新舊文學的轉換與電影的發展，又存在著怎樣的關係？這個時候，老師所提出的「舊市民電影」、「新市民電影」與「國粹電影」電影形態無疑為認知早期中國電影的複雜性打開了不同方向的窗戶。

　　依稀記得我剛開始接觸老師的這一套理論體系時的感受——新奇又疑惑。老師所使用的一些研究方法甚至是得出的結論，都與我頭腦中已有的中國電影史知識儲備產生了不小的差異甚至衝突。比如，他認為影史上著名的《馬路天使》不是左翼電影，而是新市民電影；再如，他強調左翼電影與更早的舊市民電影實則有著深層的聯繫等等。後來，在不斷的學習與交流過程中，我漸漸體會到老師這一套理論體系在我認識中國早期電影文化生態時所起的作用，那些繁雜又遙遠的黑白影像似乎變得熟悉和親切，如同一顆顆珠子，在「袁氏理論」這條線上，有條理地串聯在早期中國電影的文化圖景之下。

　　當我們將西方電影理論用於中國電影（尤其是早期中國電影）的研究時，難免會出現削足適履的尷尬。從這個角度看，老師所提出的從文本出發、回到歷史語境、在跨學科的視野之下，以不同的電影形態劃分來探究早期中國電影文化生態的方法，也是從史論層面尋求中國電影民族化發展道路的一種努力。

　　對於國粹電影這一電影形態，早些年老師將其稱之為「高度疑似政府主旋律或曰民族主義電影」，從稱謂的變化就能看出這些年隨著新史料的出現和研究的推進，老師對這一理論體系的不斷修正與發展。他對國粹電影的研究，是建立在其與同時期的左翼電影、新市民電影以及前期的舊市民電影的不同特性基礎之上的——它既沒有左翼電影激進的革命立場、也不強調新市民電影的都市娛樂消費，它是在現實意識形態介入前提之下的、對傳統文化及民族性的表達。

　　在這一理論之下，老師認為，1930 年代的《歸來》（1934）、《國風》（1935）、《天倫》（1935）、《慈母曲》（1936）、《人海遺珠》（1937）、《好女兒》（原名《新舊時代》，1937），以及 1940 年代的《孔夫子》（1940）和《小城之春》（1948），均屬於國粹電影作品系列。

　　在今日看來，國粹電影在宣揚傳統的道德倫理觀念時的說教難免有些生硬。鄉村與城市呈現為對立的表意空間，以上海為代表的繁榮都市成為罪惡、墮落之都，唯有在遠離都市的田園生活中，傳統的倫理道德才得以保全和延續。影片《天倫》直接道出「父母在，不遠遊」，「老吾老以及人之老，幼吾幼以及人之幼」的古訓。更有甚者，在現實的介入下，有些影片直接服務於官方意識形態的表達。以《國風》為代表，影片直接宣揚「新生活運動」，摩登浪漫的生活方式被視為洪水猛獸，而解決奢侈享樂之風的唯一辦法就是「實

行新生活」——「提倡禮義廉恥，主張真理正義，打倒奢侈浪漫」。阮玲玉飾演的張蘭這一角色如同一位「女聖人」，人物真實的情感表達與性格塑造被遮蔽，成為官方意識形態的傳聲筒。

以家喻國同樣是國粹電影的共同選擇之一，體現出家國一體的民族性特徵。以朱石麟為代表，他的電影創作大部分屬於家庭倫理劇，戀愛、婚姻、家庭問題是他創作的主要題材。以他創作的《慈母曲》與晚一年出現的《好女兒》（《新舊時代》）為例，兩部影片在家庭結構上形成有意思的互文，故事均發生在傳統的大家族之中。在《慈母曲》裏，六位兒女在贍養父母的問題上出現衝突與矛盾，「不忠不孝、不仁不義」的表現與願意為父親承擔偷竊罪名的「愚忠愚孝」行為並存。在《好女兒》（《新舊時代》）中，富紳的四個女兒同樣呈現出不一樣的性格與愛好：有好賭博者、有終日念佛者、有愛慕虛榮者，唯有務實的小女兒提倡為社會服務。在《慈母曲》中，影片結尾傳統的家庭秩序重新回歸，而到了《好女兒》（《新舊時代》），結尾老宅將傾，小女兒帶領一家人尋找新的生活。編導通過這樣一個小家的故事表現新舊時代的轉換，表達出「不要惋惜舊時代的沒落，且須努力新時代的誕生」的主題。由此，可以發現創作者朱石麟面對傳統家庭新困境的解決有了更廣闊的視角，在傳統的家庭倫理題材中也寄託著比前期作品更為深厚的時代內涵。

在國粹電影序列中，創作者費穆則表現出與朱石麟不一樣的審美取向。費穆在 1930 年代的作品《天倫》，與 1940 年代的《孔夫子》和《小城之春》，均在儒家價值觀念的指引之下，其深層的倫理道德表達呈現出一致性：從仁愛的思想到「立身治國，要以仁義為本」，再到「發乎情，止乎於禮」。但他的創作又不僅止步於傳統道德觀念的表達，更有他作為一位精英知識分子對時代的觀察和表現。

如在《孔夫子》之中，孔子身處「天下無道，百姓困苦，亂臣賊子當政」的混亂時代，費穆作為一位現代儒者，在這部電影裏借助孔夫子在亂世的境遇及其精神追求實現了他在「孤島」時期的自我形象及處境的投射。《小城之春》一向以其詩意風格聞名，實則影片不乏對戰爭導致的創傷體驗的表達。影片表面上演繹的是四角關係，實際是講述了國家民族的去留問題，描繪出當時國人乃至整個民族對待未來的迷惘心態。正如老師在討論《歸來》（1934）時說的那樣，國粹電影之所以「幾乎都以悲劇或正劇收束全片——這是其主題思想的沉重性所決定的」。[1]

　　由此可見，朱石麟與費穆以各自不同的審美和價值取向，進行著民族電影的探索。而國粹電影這一極具民族特色的電影形態，也以其獨特的方式實現了對民族文化的表達與現實的指涉。

　　「國粹」一詞，是從日本傳入中國，最初是由英文「Nationality」一詞翻譯而來。20 世紀初的晚清時期，在西化大潮和民族危機之下，國內出現了國粹派和國粹思潮，他們以「『研究國學，保存國粹』為宗旨」，[2] 在民族性與時代性以及中西文化的關係上，這一時期的國粹思想存在著一些偏頗的認知。比如，當時有人認為：「國粹者，精神之學也。歐化者，形質之學也」，[3] 可以看出國粹派所持的「抑西揚中的文化取向」以及文化思想上的保守色彩。隨著時代的發展，「國粹」一詞的內涵也產生了微妙的變化。在《現代漢語詞典》中，「國粹」的定義是「指我國固有文化中的精華」，比如國畫、京劇等民族藝術形式被稱為國粹。[4] 那麼，當以「國粹電影」這一稱謂來劃分、定義某一種電影形態時，「國粹」這一符號的所指是應該回到早期中國的歷史語境之中還是就直接使用我們當下對這個詞語約定俗成的定義？如果說，20 世紀初期的「國粹」一詞存在著對民族性與時代性以及中西文化認識上的不足，那麼當我們用「國粹電影創作者」來定義費穆這一類創作者時，又要如何去認識他們身上的現代性與西化的一面？這些我認為都是有待進一步思考的問題。

　　老師常常告誡我們「工夫在平時」，他以身作則對待學術的嚴謹態度也時常讓我不敢懈怠。他有次笑著說，有人將他的著作當作工具書來使用。這聽起來像是玩笑話，但也足見他在中國電影史研究中所做的精細且紮實的工作。老師以實際的行動踐行著「板凳要坐十年冷，文章不寫半句空」的境界，在辦公室的書桌前過著他的一年四季。在「多餘的話」裏，我讀到的不光是影史的「邊角料」，更是老師伴隨著電影研究的生命體驗。

劉麗莎

2020 年 4 月 9 日於重慶

（作者係中國傳媒大學電影學專業電影史論方向 2017 級碩士研究生）

參考文獻：

〔1〕 袁慶豐，新舊電影中女主人公的道德站位——兼析 1934 年的國粹電影《歸來》〔J〕，學術界，2019（3）：133～141。

〔2〕 喻大華，論晚清國粹派與國粹思潮〔J〕，故宮博物院院刊，2002（03）：78～84。

〔3〕 許守微，論國粹無阻於歐化〔J〕，國粹學報，1905，1（7）：12。

〔4〕 中國社會科學院語言研究所詞典編輯室，現代漢語詞典（第 5 版）〔Z〕，北京：商務印書館，2006：519。

目

次

上 冊

民族電影的實證寫作——
談談袁老師的「國粹電影」研究　劉麗莎
本書體例申明 …………………………………………………… 1

導論　第三種聲音、第三種立場——
1930 年代國粹電影的生成背景、歷史意義
及其結構性傳承 ………………………………… 5

前 編

《戀愛與義務》（1931 年）——
舊市民電影的道德圖解與新電影的生長點 ………… 41

正 編

第壹章　《歸來》（1934 年）——
國粹電影中女主人公的道德站位與文化
指南 ………………………………………………… 87

第貳章　《國風》（1935 年）——
官方政治話語對 1930 年代電影製作的
介入及其藝術轉達 ……………………………… 117

第叁章　《天倫》（1935 年，刪節版）——
政治話語情結與傳統倫理文化讀解的
雙重錯位 ………………………………………… 143

下　冊

第肆章　《慈母曲》（1936 年）——
　　　　從舊道德和舊倫理中發掘新思想和
　　　　新文化（存目）…………………………………… 167

第伍章　《人海遺珠》（1937 年）——
　　　　不同於舊電影的舊，也有別於新電影的新
　　　　………………………………………………………… 187

第陸章　《前臺與後臺》（1937 年）——
　　　　國粹電影如何承載與展示民族精神和
　　　　文化傳統 ……………………………………………… 227

第柒章　《好女兒》（《新舊時代》，1937 年）——
　　　　全面抗戰爆發前夕華安影業公司對國粹
　　　　電影的承接（存目）………………………………… 259

附編一　1922～1936年中國國產電影之流變——
　　　　《黑白膠片的文化時態——1922～1936
　　　　年中國早期電影現存文本讀解》導論 ……… 277

附編二　從左翼電影、國防電影、抗戰電影到
　　　　「紅色經典電影」——《黑草鞋：1937～
　　　　1945 年現存抗戰電影文本讀解》導論 …… 293

主要參考資料 ……………………………………………… 319

後記　明月松間照幾許？ …………………………………… 331

本書八部影片信息 ………………………………………… 337

本書體例申明

　　本書是我以個案研討的方式，順序梳理百多年來中國電影歷史發展脈絡的第十本專題論文結集。此前對現存的、公眾可以看到的中國電影文本的逐一研討，1949 年前的部分，最初結集為《黑白膠片的文化時態──1922～1936 年中國早期電影現存文本讀解》（上海三聯書店 2009 年版）、《黑夜到來之前的中國電影──1937 年現存國產影片文本讀解》（中國廣播電視出版社 2012 年版）兩書。

　　2013 年，因有幸得到首都師範大學王家平教授的推薦，以上兩書的未刪節（配圖）增補版，均按影片形態不同分編成冊，陸續加入北京師範大學李怡教授主編的「民國文化與文學研究」叢書，由臺灣花木蘭文化出版社印行了海外繁體字版。計有：

　　《黑棉襖：民國文化中的舊市民電影──1922～1931 年現存中國電影文本讀解》（2014）、《黑馬甲：民國時代的左翼電影──1932～1937 年現存中國電影文本讀解》（2015）、《黑皮鞋：抗戰爆發前的新市民電影──1933～1937 年現存中國電影文本讀解》（2016）、《黑布鞋：1936～1937 年現存國防電影文本讀解》（2017）、《黑草鞋：1937～1945 年現存抗戰電影文本讀解》（2020）。

　　1949 年後的部分，2014 年曾結集為《新世紀中國電影讀片報告》（中國傳媒大學出版社版）。2019 年版權過期後，我將增補了新章節以及恢復全部未刪節版（配圖）的面貌，以《黑旗袍：中國電影的文化邏輯與市場機制──2000 年以來的文本實證》為名，加入李怡教授主編的「人民共和國文化與文學」叢書第八編，2020 年交由花木蘭文化出版有限公司印行（此前的 2015 年，我的《黑乳罩：1949 年後外國電影在中國大陸的文化傳播和世俗影響》已經加入該「叢書」第二編）。

　　按照我十幾年來的結集成書慣例，懇請讀者諸君注意如下格式：

甲、本書中所有以個案形式讀解的影片，其版本與來源均為中國大陸市場上公開售賣的碟片或從正規網站上合法獲得的視頻。影片均按照出品年月或公映時間排序。其時長標注，均以 VCD／DVD 版本或（網絡）視頻之實際時長為準，因此，可能會與相關資料譬如 IMDB（Internet Movie Data Base，互聯網電影數據庫）的標注有些許出入。

乙、不論現存文本是否殘缺，每章正文前面的**專業鏈接 1** 均根據包括文本在內的相關資料介紹主要信息，以利讀者審讀。**專業鏈接 2** 均以原有格式照錄原片片頭字幕、《演職員表》及片尾字幕。**專業鏈接 3** 的影片鏡頭統計均由我的研究生代為完成（其數據肯定會與編導的意圖和劃分、歸類及其他研究者的標準多有出入或不同，尚祈理解亦請方家指示）。考慮到包括研究者和影視專業學生在內的觀眾，未必都會對我反覆讀解的每部影片有耐心研讀的興趣，故根據我歷年研究心得和學生們的課堂觀摩反應，給出**專業鏈接 4：經典臺詞選輯**與**專業鏈接 5：影片觀賞推薦指數**。與以往不同的是，此次結集，新增**專業鏈接 6：影片學術價值指數**。後三條條目的選擇標準，純屬個人體會和判斷之結果，僅供參考。

丙、本書所有章節文字的主要部分在收入前均曾在內地雜誌上公開發表（未能發表的，則以《存目》形式列出）。鑒於眾所周知的原因，這些發表的文字都會因為非專業原因被不同程度地刪除或刪改。此次結集成書，除訂正已發現的錯訛文字、標點符號外，全部恢復我最初原始稿的本來面貌，並用黑體字標識被刪除部分。雜誌發表版的**英文摘要**附在每章文末（當初沒有的，現今統一翻譯補入），以資檢索。

丁、迄今為止，我所有的電影學專題論文結集成書時，我都會請聽過我的課的學生撰寫《序言》，為的是聽取不同意見並交讀者對比批判。

戊、本書的實證性討論，均建立在近二十年來我對現存的、公眾可以看到的中國電影文本的研讀的前提和基礎之上，無論研究主旨、思考脈絡還是書寫體例、表達格式甚至藝術賞鑒趣味，都是一脈相承、相互呼應、自成體系的。因此，對我的讀解意見和結論，尚祈讀者諸君參照已出版的各個專輯對比批判。

己、本書所有文字，均以我歷年來在校內外本科生、研究生課堂教學及公開講座中使用的演講錄音／錄像原始稿為基礎，雖經多次補充、完善並最終修訂成文，但並沒有從根本上改變個人固有觀點和一己論證體系。由於研討時間、聽課對象以及演講場合的不同，在涉及每部電影相同的時代背景和

藝術發展脈絡時，不得不保留多有近似甚至是重複性的觀點、表述以及同樣的參考文獻。考慮到讀者讀取時的理解方便，對此基本上不作大的改動或刪削，依然保持各篇章（影片）相對獨立、自成體系的面貌，以盡可能復原現場觀摩後的感性氛圍和觀照角度。

　　庚、本書所有文字表述，但有借鑒、參考或引用他人著述及數據、論點的情形，我都已嚴格依照學術研究之慣例通則，逐一注明了詳細出處，不敢掠美；本書所使用的包括影片截圖在內的圖片，無論其版權是否失效，亦均盡可能詳細地注明了來源出處。

　　辛、除非引用，本書所有的見解和觀點的表達，都一如既往地堅持使用第一人稱單數，以表明本人獨立完成研究的學術原創性立場，以及對論述中出現的所有個人見解和學術觀點持負責之嚴肅態度。

袁慶豐　辛丑二月　謹啟

北京東郊定福莊養心廊二分廊

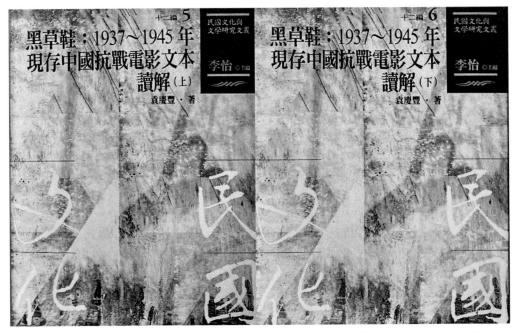

圖片說明：《黑草鞋：1937～1945 年現存中國抗戰電影文本讀解》（上下冊），民國文化與文學研究文叢十二編，第五、六冊，臺灣花木蘭文化事業有限公司 2020 年 9 月版（ISBN 978-986-518-240-3；ISBN 978-986-518-241-0）全書上冊（138 頁）、下冊（283 頁）共 431 頁，全書字數（版權頁）：193162 字，插圖：378 幅。（圖片攝影：朱穆蘭）

導論　第三種聲音、第三種立場——
1930年代國粹電影的生成背景、歷史意義及其結構性傳承

閱讀指要：

　　1930年代初期，中國電影有新、舊之分，宣揚抗日救亡、為弱勢階層發聲的左翼電影屬於新電影，這已是學術界多年來的公論。但研讀現存的、公眾可以看到的1938年之前的電影文本就會發現，新電影還包括有條件地抽取借用左翼電影思想元素以擴大市場份額的新市民電影，以及既反對左翼電影激進的社會革命立場，同時又反對新市民電影側重都市文化消費的國粹電影。國粹電影生成於中西方文化激烈碰撞的大背景下，在對待傳統文化大是大非的態度上，摒棄了以往舊市民電影抱殘守缺、故步自封的取用原則，代之以選取優質傳統資源，試圖在新時代潮流中為故邦找尋家國一體的立身之本、確立強健民族新生命脈動的方向。作為第三種聲音、第三種立場，國粹電影不僅即時進入抗戰全面爆發前中國電影多元化的新一代話語編程體系，而且成為其結構性的重要組成部分遺惠至今。

關鍵詞：舊市民電影；左翼電影；新市民電影；國防電影；抗戰電影；國粹電影

圖片說明：《黑白膠片的文化時態——1922～1936 年中國早期電影現存文本讀解》（344p，300 千字，ISBN 978-7-5426-2985-2，上海三聯書店 2009 年 10 月第 1 版）封面（左）、封底照。（圖片攝影：姜菲）

甲、前面的話

1930 年代初期就有評論者和研究者，把當時的中國電影分成「新」與「舊」。只不過舊電影都只是被認為舊，但沒有進一步的稱謂。新電影則被稱為「新興電影」[1]，或「復興」的「土著電影」[2]。1949 年之後中國大陸的電影史研究，都承認這種新、舊之分。只不過，1990 年代之前的研究，對新電影只承認或只提及左翼電影[3]P183。而 1990 年代以後的研究者，有的沿襲了「新興電影」（運動）的稱謂[4][5][6]，有的則新命名為「新生電影（運動）」[7]。

在我看來，與新電影相區別的舊電影，即從 1905 年中國電影誕生，到 1932 年左翼電影出現，這二十八年間的中國電影，全部是舊市民電影形態，或者說，屬於舊市民電影為唯一面貌的時代[8]。舊市民電影的題材、主題，基本上源自「鴛鴦蝴蝶派」和「禮拜六派」等言情小說，以及武俠小說——因此，早期中國電影史上的武俠片也都屬於舊市民電影形態——換言之，舊市民電影是與新文學、新文化相對而言的舊文學、舊文化的黑白且無聲的電子影像版。[9]

　　現存的、公眾可以看到的影片文本，大約有二十部。譬如《勞工之愛情》（又名《擲果緣》，1922）〔註1〕、《一串珍珠》（1925）〔註2〕、《海角詩人》（1927）〔註3〕、《西廂記》（1927）〔註4〕、《情海重吻》（1928）〔註5〕、

〔註1〕《勞工之愛情》（又名《擲果緣》，故事片，黑白，無聲），明星影片公司1922年出品；VCD（單碟），時長22分鐘；編劇：鄭正秋；導演：張石川；主演：鄭鷓鴣、余瑛、鄭正秋。我對這部影片的具體意見，祈參見拙作：《〈勞工之愛情〉：傳統戲劇戲曲的電子影像版──現在公眾能看到的最早最完整的早期中國電影》（載《渤海大學學報》2009年第4期），其完全版和未刪節（配圖）版，先後收入拙著《黑白膠片的文化時態──1922～1936年中國早期電影現存文本讀解》（上海三聯書店2009年10月第1版）和《黑棉襖：民國文化中的舊市民電影──1922～1931年現存中國電影文本讀解》（「民國文化與文學研究」文叢第三編第11、12冊，臺灣花木蘭文化出版社2014年9月版），敬請參閱。

〔註2〕《一串珍珠》（根據法國莫泊桑的小說《項鍊》改編，故事片，黑白，無聲），長城畫片公司1925年出品；VCD（雙碟），時長101分鐘；編劇：侯曜；導演：李澤源；攝影：程沛霖；主演：雷夏電、劉漢鈞、翟綺綺、劉繼群、黃志懷、邢少梅、蔡毓飛。我對這部影片的具體意見，祈參見拙作：《外來文化資源被本土思想格式化的體現──〈一串珍珠〉（1925年）：舊市民電影及其個案剖析之一》（載《上海文化》2007年第5期），其完全版和未刪節（配圖）版，先後收入拙著《黑白膠片的文化時態──1922～1936年中國早期電影現存文本讀解》和《黑棉襖：民國文化中的舊市民電影──1922～1931年現存中國電影文本讀解》，敬請參閱。

〔註3〕《海角詩人》（故事片，黑白，無聲，殘片），民新影片公司1927年出品；視頻（殘片），時長19分31秒；編劇、導演：侯曜；攝影：梁林光；主演：侯曜、林楚楚、李旦旦、辛夷、邢少梅。我對這部影片的具體意見，祈參見拙作：《新知識分子的舊市民電影創作──新發現的侯曜〈海角詩人〉殘片讀解》（載《浙江傳媒學院學報》2012年第5期），其未刪節（配圖）版，收入拙著《黑棉襖：民國文化中的舊市民電影──1922～1931年現存中國電影文本讀解》，敬請參閱。

〔註4〕《西廂記》（殘片，故事片，黑白，無聲），民新影片公司1927年出品；VCD（單碟），時長43分鐘；編導：侯曜；說明：濮舜卿；攝影：梁林光；主演：葛次江、林楚楚、李旦旦。我對這部影片的具體意見，祈參見拙作：《傳統性資源的影像開發和知識分子對舊市民電影情趣的分享──以民新影片公司1927年出品的影片〈西廂記〉為例》（載《長江師範學院學報》2009年第2期），其完全版和未刪節（配圖）版，先後收入拙著《黑白膠片的文化時態──1922～1936年中國早期電影現存文本讀解》和《黑棉襖：民國文化中的舊市民電影──1922～1931年現存中國電影文本讀解》，敬請參閱。

〔註5〕《情海重吻》（故事片，黑白，無聲），上海大中華百合影片公司1928年出品；VCD（單碟），時長59分48秒；導演：謝雲卿；攝影：周詩穆、嚴秉衡；主演：王乃東、湯天繡、陳一棠、楊愛貞、謝雲卿、王謝燕、崔天生、張扶風、吳一笑。我對這部影片的具體意見，祈參見拙作：《對1920年代末期中國舊市民電影低俗性的樣本讀解──以1928年大中華百合影片公司的〈情海重

《雪中孤雛》（1929）〔註6〕、《怕老婆》（又名《兒子英雄》，1929）〔註7〕、
《紅俠》（1929）〔註8〕、《女俠白玫瑰》（1929）〔註9〕、《戀愛與義務》（1931）

吻〉為例》（載《浙江傳媒學院學報》2009 年第 4 期），其完全版和未刪節（配
圖）版，先後收入拙著《黑白膠片的文化時態——1922～1936 年中國早期電
影現存文本讀解》和《黑棉襖：民國文化中的舊市民電影——1922～1931 年
現存中國電影文本讀解》，敬請參閱。

〔註6〕《雪中孤雛》（故事片，黑白，無聲），華劇影片公司 1929 年出品；VCD（雙
碟），時長 76 分 22 秒；編劇及說明：周鵑紅；導演：張惠民；副導演：吳素
馨；攝影：湯劍廷；主演：吳素馨、韓蘭根、沈麗霞、李紅紅、張惠民、丁華
氏、張劍英、吳素素、盛小天。我對這部影片的具體意見，祈參見拙作：《〈雪
中孤雛〉：新時代中的舊道德，老做派中的新景象——1920 年代末期中國舊
市民電影個案分析之一》（載《淮南師範學院學報》2009 年第 1 期），其完全
版和未刪節（配圖）版，先後收入拙著《黑白膠片的文化時態——1922～1936
年中國早期電影現存文本讀解》和《黑棉襖：民國文化中的舊市民電影——
1922～1931 年現存中國電影文本讀解》，敬請參閱。

〔註7〕《怕老婆》（又名《兒子英雄》，故事片，黑白，無聲），上海長城畫片公司
1929 年出品；VCD（單碟），時長 71 分 11 秒；編劇：陳趾青；導演：楊小
仲；攝影：李文光；主演：張哲德、劉繼群、許靜珍、洪警鈴、高威廉。我
對這部影片的具體意見，祈參見拙作：《上世紀 20 年代舊文化生態背景下的
舊市民電影——以 1929 年出品的〈兒子英雄〉為例》（載《汕頭大學學報》
2009 年第 5 期），其完全版和未刪節（配圖）版，先後收入拙著《黑白膠片
的文化時態——1922～1936 年中國早期電影現存文本讀解》和《黑棉襖：
民國文化中的舊市民電影——1922～1931 年現存中國電影文本讀解》，敬請
參閱。

〔註8〕《紅俠》（故事片，黑白，無聲），友聯影片公司 1929 年出品；視頻，時長 92
分 03 秒；導演：文逸民；副導演：尚冠武；攝影：姚士泉；主演：范雪朋、
文逸民、瞿一峰、徐國輝、王楚琴、尚冠武。我對這部影片的具體意見，祈
參見拙作：《舊市民電影的總體特徵——1922～1931 年中國早期電影概論》
（載《浙江傳媒學院學報》2013 年第 3 期）、《舊市民電影的又一新例證——
以 1929 年友聯影片公司出品的武俠片〈紅俠〉為例》（載《浙江傳媒學院學
報》2013 年第 4 期），兩篇文章的合併（未刪節配圖）版，收入拙著《黑棉
襖：民國文化中的舊市民電影——1922～1931 年現存中國電影文本讀解》，
敬請參閱。

〔註9〕《女俠白玫瑰》（又名《白玫瑰》，故事片，黑白，無聲，殘片），華劇影片
公司 1929 年出品；視頻（殘片），時長 26 分 56 秒；編劇：谷劍塵；導演：
張惠民；攝影：湯劍廷；主演：吳素馨、阮聖鐸、盛小天。我對這部影片
的具體意見，祈參見拙作：《中國早期電影中武俠片的情色、打鬥與噱頭、
滑稽——以 1929 年華劇影片公司出品的〈女俠白玫瑰〉為例》（載《文化藝
術研究》2013 年第 4 期），其未刪節（配圖）版，收入拙著《黑棉襖：民
國文化中的舊市民電影——1922～1931 年現存中國電影文本讀解》，敬請參
閱。

〔註 10〕、《一翦梅》（1931）〔註 11〕、《桃花泣血記》（1931）〔註 12〕、《銀漢雙星》（1931）〔註 13〕、《銀幕豔史》（1931）〔註 14〕、《南國之春》（1932）

〔註 10〕　《戀愛與義務》（故事片，黑白，無聲），聯華影業公司 1931 年出品；視頻，時長 101 分 54 秒；原作：〔波蘭〕華羅琛夫人；編劇：朱石麟；導演：卜萬蒼；攝影：黃紹芬；主演：金焰、阮玲玉、陳燕燕、黎英、劉繼群、周麗麗。我對這部影片的具體意見，祈參見拙作：《中國早期電影的道德圖解與新電影的生長點──以聯華影業公司 1931 年出品的無聲片〈戀愛與義務〉為例》（載《浙江傳媒學院學報》2014 年第 2 期，中國人民大學《複印報刊資料‧影視藝術》2014 年第 7 期全文轉載），其未刪節（配圖）版，收入拙著《黑棉襖：民國文化中的舊市民電影──1922～1931 年現存中國電影文本讀解》，敬請參閱。

〔註 11〕　《一翦梅》（故事片，黑白，無聲），聯華影業公司 1931 年出品；DVD（單碟），時長 111 分 58 秒；編劇：黃漪磋；導演：卜萬蒼；攝影：黃紹芬；主演：金焰、林楚楚、阮玲玉、王次龍、高占非、陳燕燕、王桂林、劉繼群、時覺非、周麗麗。我對這部影片的具體意見，祈參見拙作：《〈一翦梅〉：趣味大於思想，形式強於內容──1930 年代初期的中國舊市民電影樣本讀解之一》（載《新疆藝術學院學報》2008 年第 4 期），其完全版和未刪節（配圖）版，先後收入拙著《黑白膠片的文化時態──1922～1936 年中國早期電影現存文本讀解》和《黑棉襖：民國文化中的舊市民電影──1922～1931 年現存中國電影文本讀解》，敬請參閱。

〔註 12〕　《桃花泣血記》（故事片，黑白，無聲），聯華影業公司 1931 年出品；VCD（雙碟），時長 88 分 15 秒；編劇、導演：卜萬蒼；攝影：黃紹芬；主演：金焰、阮玲玉、李時苑、王桂林、周麗麗、黎豔珠、韓蘭根、劉繼群、黃筠貞。我對這部影片的具體意見，祈參見拙作：《〈桃花泣血記〉：模式的遺存和新信息的些許植入──1930 年代初期的中國舊市民電影樣本讀解之一》（載《浙江傳媒學院學報》2009 年第 3 期），其完全版和未刪節（配圖）版，先後收入拙著《黑白膠片的文化時態──1922～1936 年中國早期電影現存文本讀解》和《黑棉襖：民國文化中的舊市民電影──1922～1931 年現存中國電影文本讀解》，敬請參閱。

〔註 13〕　《銀漢雙星》（故事片，黑白，無聲），聯華影業公司 1931 年出品；VCD（雙碟），86 分 24 秒；原著：張恨水；編劇：朱石麟；導演：史東山；攝影：周克；主演：金焰、紫羅蘭、高占非、葉娟娟、陳燕燕、劉繼群、宗惟賡。我對這部影片的具體意見，祈參見拙作：《20 世紀 30 年代初期中國舊市民電影的傳統症候與新鮮景觀──以聯華影業公司出品的〈銀漢雙星〉為例》（載《浙江傳媒學院學報》2014 年第 5 期），其完全版和未刪節（配圖）版，先後收入拙著《黑白膠片的文化時態──1922～1936 年中國早期電影現存文本讀解》和《黑棉襖：民國文化中的舊市民電影──1922～1931 年現存中國電影文本讀解》，敬請參閱。

〔註 14〕　《銀幕豔史》（故事片，黑白，無聲，殘片），明星影片公司 1931 年出品；視頻（殘片），時長 51 分鐘 50 秒；導演：程步高；說明：鄭正秋；攝影：董克毅；主演：宣景琳、王徵信、夏佩珍、蕭英、王吉亭、謝雲卿、龔稼農、梁賽珍、嚴月嫻、王獻齋。我對這部影片的具體意見，祈參見拙作：《舊市民電

〔註15〕——近四、五年來，又有一些新的現存文本公之於眾，譬如 1926 年出品的《兒孫福》《奪國寶》，1927 年出品的《盤絲洞》，以及 1932 年出品的《啼笑因緣》《粉紅色的夢》等。〔註16〕

從文化屬性上說，舊市民電影以舊文化、舊文學為文本取用資源。換言之，在 1920 年代已經開始影響中國社會上層的新文學和新文藝，包括創作者，沒有進入到電影的製作和生產領域；同時，由於編導大多是舊小說或通俗文學的作者，演員也「祇有和『文明戲子』和『髦兒戲子』相仿的身份」[10]，因此，舊市民電影不過是市民文化和娛樂的一個部分[11]。

舊市民電影始終站在維護傳統倫理觀念、對社會主流價值認同和歌頌的立場和角度，很少涉及當下的現實社會尤其是批評式的反映、批判。在藝術形式上，舊市民電影和戲劇戲曲有著緊密的血緣關聯，電影最初被翻譯成「影戲」的道理就說明了這一點。1920 年代的中國電影，其本體性雖然在不斷成熟，但始終是和戲劇、戲曲相互依存、共同發展的。

影：1930 年代初期行將沒落的中國主流電影特徵——無聲片〈銀幕豔史〉（1931）簡析》（載《杭州師範大學學報》2014 年第 5 期），其未刪節（配圖）版，收入拙著《黑棉襖：民國文化中的舊市民電影——1922～1931 年現存中國電影文本讀解》，敬請參閱。

〔註15〕《南國之春》（故事片，黑白，無聲），聯華影業公司 1932 年出品；VCD（雙碟），時長 78 分 34 秒；編劇、導演：蔡楚生；攝影：周克；主演：高占非、陳燕燕、葉娟娟、劉繼群、宗惟賡、陳少英、蔣君超、李紅紅。我對這部影片的具體意見，祈參見拙作：《論舊市民電影〈啼笑因緣〉的老和〈南國之春〉的新》（載《揚子江評論》2007 年第 2 期），其完全版和未刪節（配圖）版，先後收入拙著《黑白膠片的文化時態——1922～1936 年中國早期電影現存文本讀解》和《黑棉襖：民國文化中的舊市民電影——1922～1931 年現存中國電影文本讀解》，敬請參閱。

〔註16〕《兒孫福》（故事片，黑白，無聲，殘片），大中華百合影片公司 1926 年出品；視頻（殘片），時長 48 分 18 秒；編劇：朱瘦菊；導演：史東山；攝影：周詩穆、余省三；主演：周文珠、王乃東、楊靜我、王次龍、謝雲卿。我對這部影片的具體意見，祈參見拙作：《「鴛鴦蝴蝶派」小說與舊市民電影的倫理性——以〈兒孫福〉（1926）為例》（載《北京電影學院學報》2017 年第 2 期）。我對《奪國寶》《盤絲洞》《啼笑因緣》《粉紅色的夢》的讀解意見尚未公開發表，敬請關注。

圖片說明：《黑夜到來之前的中國電影——1937 年現存國產影片文本讀解》
（352p，356 千字，ISBN 978-7-5043-6575-0，中國廣播電視出版社 2012 年 1
月第 1 版）封面（左）、封底照。（圖片攝影：姜菲）

乙、作為新電影的左翼電影和新市民電影

　　新電影的出現，以左翼電影的出現為標誌。而左翼電影的出現是 1932 年，
主要代表是孫瑜編導、聯華影業公司出品的《野玫瑰》〔註17〕和《火山情血》
〔註18〕。1933 年是左翼電影大行其道之年[3]P183；「在左翼電影運動的影響下，

〔註17〕《野玫瑰》（故事片，黑白，無聲），聯華影業公司 1932 年出品；VCD（雙
　　　碟），時長 80 分鐘；編劇、導演：孫瑜；攝影：余省三；主演：王人美、金
　　　焰、葉娟娟、章志直、嚴工上、鄭君里、韓蘭根、劉繼群。我對這部影片的
　　　具體意見，祈參見拙作：《〈野玫瑰〉：從舊市民電影向左翼電影的過渡——現
　　　存中國早期左翼電影樣本讀解之一》（載《文學評論叢刊》第 11 卷第 1 期，
　　　2008 年 11 月，南京，季刊），其完全版和未刪節（配圖）版，先後收入拙著
　　　《黑白膠片的文化時態——1922～1936 年中國早期電影現存文本讀解》和
　　　《黑馬甲：民國時代的左翼電影——1932～1937 年現存中國電影文本讀解》
　　　（「民國文化與文學研究」文叢第五編，第 23、24 冊，臺灣花木蘭文化出版
　　　社 2015 年版），敬請參閱。
〔註18〕《火山情血》（故事片，黑白，無聲），聯華影業公司 1932 年出品；VCD（雙碟），
　　　時長 95 分 41 秒；編劇、導演：孫瑜；攝影：周克；主演：黎莉莉、鄭君里、談
　　　瑛、湯天繡、袁叢美。我對這部影片的具體意見，祈參見拙作：《中國早期左翼
　　　電影暴力基因的植入及其歷史傳遞——以孫瑜 1932 年編導的〈火山情血〉為例》

其餘的幾乎是所有的各大小影片公司的創作也發生了巨大的變化」[3] P281。實
際上，就是從這一年開始，左翼電影（和隨後出現的新市民電影一道）全面
取代了舊市民電影，成為國產影片主流。

現存的、公眾可以看到的左翼電影文本，除了《野玫瑰》和《火山情血》，
還有《天明》（1933）[註19]、《母性之光》（1933）[註20]、《小玩意》（1933）[註21]、

_____

（載《河北師範大學學報》2009 年第 5 期）、《再談左翼電影的幾個特點及其知
識分子審美特徵——二讀〈火山情血〉（1932）》（載《浙江傳媒學院學報》2015
年第 4 期）。前一篇文章的完全版和未刪節（配圖）版，先後收入拙著《黑白膠
片的文化時態——1922～1936 年中國早期電影現存文本讀解》和《黑馬甲：民
國時代的左翼電影——1932～1937 年現存中國電影文本讀解》，敬請參閱。

〔註19〕 《天明》（故事片，黑白，無聲），聯華影業公司 1933 年出品；VCD（雙碟），
時長 97 分 22 秒；編劇、導演：孫瑜；攝影：周克；主演：黎莉莉、高占非、
葉娟娟、袁叢美、羅朋。我對這部影片的具體意見，祈參見拙作：《左翼電影
的道德激情、暴力意識和階級意識的體現性與宣傳性——以聯華影業公司
1933 年出品的左翼電影〈天明〉為例》（載《杭州師範大學學報》2008 年第
2 期）、《〈天明〉：政治貞潔與肉身貞潔——左翼電影模式的基礎性延展》（載
《汕頭大學學報》2018 年第 8 期）。前一篇文章的完全版和未刪節（配圖）
版，先後收入拙著《黑白膠片的文化時態——1922～1936 年中國早期電影現
存文本讀解》和《黑馬甲：民國時代的左翼電影——1932～1937 年現存中國
電影文本讀解》，敬請參閱。

〔註20〕 《母性之光》（故事片，黑白，無聲），聯華影業公司 1933 年出品；VCD（雙碟），
時長 93 分鐘；原作：田漢；編劇、導演：卜萬蒼；攝影：黃紹芬；主演：金焰、
黎灼灼、陳燕燕、魯史、談瑛。我對這部影片的具體意見，祈參見拙作：《20 世
紀 30 年代中國電影市場和商業製作模式制約下的左翼電影——以〈母性之光〉
為例》（載《杭州師範大學學報》2008 年第 4 期）、《左翼電影的階級性及其倫理
模式——〈母性之光〉（1933）再讀解》（載《汕頭大學學報》2019 年第 2 期，
中國人民大學書報資料中心《複印報刊資料》2019 年第 8 期《影視藝術》全文
轉載）。前一篇文章的完全版和未刪節（配圖）版，先後收入拙著《黑白膠片的
文化時態——1922～1936 年中國早期電影現存文本讀解》和《黑馬甲：民國時
代的左翼電影——1932～1937 年現存中國電影文本讀解》，敬請參閱。

〔註21〕 《小玩意》（故事片，黑白，無聲），聯華影業公司 1933 年出品；VCD（雙碟），
時長 103 分鐘；編劇、導演：孫瑜；攝影：周克；主演：阮玲玉、黎莉莉、袁叢
美、湯天繡、劉繼群。我對這部影片的具體意見，祈參見拙作：《民族主義立場
的激進表達和藝術的超常發揮——對聯華影業公司 1933 年出品的〈小玩意〉的
當下讀解》（載《汕頭大學學報》2008 年第 5 期）、《舊市民電影形態與左翼電影
的新主題——再讀〈小玩意〉（1933）》（載《學術界》2018 年第 5 期，中國人民
大學書報資料中心《複印報刊資料》2018 年第 8 期《影視藝術》全文轉載）。前
一篇文章的完全版和其未刪節（配圖）版，先後收入拙著《黑白膠片的文化時態
——1922～1936 年中國早期電影現存文本讀解》和《黑馬甲：民國時代的左翼
電影——1932～1937 年現存中國電影文本讀解》，敬請參閱。

《惡鄰》（1933）〔註 22〕、《體育皇后》（1934）〔註 23〕、《大路》（1934）〔註 24〕、
《新女性》（1934）〔註 25〕、《神女》（1934）〔註 26〕、《桃李劫》（1934）

〔註 22〕 《惡鄰》（故事片，黑白，無聲），月明影片公司 1933 年出品；VCD（單碟），
時長 41 分 15 秒；編劇：李法西；導演：任彭年；攝影：任彭壽；主演：鄔
麗珠、張雨亭、王如玉、王東俠、馬鳳樓、何非光。我對這部影片具體意見，
祈參見拙作：《由武俠片強行轉換而來的左翼電影──再讀 1933 年的〈惡鄰〉》
（載《玉溪師範學院學報》2018 年 6 期），其完全版和未刪節（配圖）版，
先後收入拙著《黑白膠片的文化時態──1922～1936 年中國早期電影現存文
本讀解》和《黑馬甲：民國時代的左翼電影──1932～1937 年現存中國電影
文本讀解》，敬請參閱。

〔註 23〕 《體育皇后》（故事片，黑白，無聲），聯華影業公司 1934 年出品；VCD（雙
碟），時長 86 分 24 秒；編劇、導演：孫瑜；攝影：裘逸葦；主演：黎莉莉、
張翼、白璐、王默秋、高威廉。我對這部影片的具體意見，祈參見拙作：《對
市民電影傳統模式的借用和新知識分子審美情趣的體現──從〈體育皇后〉
讀解中國左翼電影在 1934 年的變化》（載《浙江傳媒學院學報》2008 年第 5
期）、《左翼電影的思想性及其反世俗性──二讀〈體育皇后〉（1934 年）》（載
《信陽師範學院學報》2019 年第 5 期），前一篇文章的完全版和未刪節（配
圖）版，先後收入拙著《黑白膠片的文化時態──1922～1936 年中國早期電
影現存文本讀解》和《黑馬甲：民國時代的左翼電影──1932～1937 年現存
中國電影文本讀解》，敬請參閱。

〔註 24〕 《大路》（故事片，黑白，配音），聯華影業公司 1934 年出品；VCD（雙碟），
時長 104 分鐘；編劇、導演：孫瑜；攝影：裘逸葦；主演：金焰、陳燕燕、黎莉
莉、張翼、鄭君里。我對這部影片的具體意見，祈參見拙作：《左翼電影製作模
式的硬化與知識分子視角的變更──從聯華影業公司出品的〈大路〉看 1934 年
左翼電影的變化》（載《蘇州科技學院學報》2008 年第 2 期）、《左翼電影的模式
及其時代性──二讀〈大路〉（1934）》（載《玉溪師範學院學報》2019 年第 4 期），
前一篇文章的完全版和未刪節（配圖）版，先後收入拙著《黑白膠片的文化時態
──1922～1936 年中國早期電影現存文本讀解》和《黑馬甲：民國時代的左翼
電影──1932～1937 年現存中國電影文本讀解》，敬請參閱。

〔註 25〕 《新女性》（故事片，黑白，配音），聯華影業公司 1934 年出品；VCD（雙
碟），時長 105 分鐘；編劇：孫師毅；導演：蔡楚生；攝影：周達明；主演：
阮玲玉、鄭君里、湯天繡、王乃東、顧夢鶴。我對這部影片的具體意見，祈
參見拙作：《變化中的左翼電影：左翼理念與舊市民電影結構性元素的新舊組
合──以聯華影業公司 1934 年出品的〈新女性〉為例》（載《中文自學指導》
2008 年第 3 期），其完全版和未刪節（配圖）版，先後收入拙著《黑白膠片
的文化時態──1922～1936 年中國早期電影現存文本讀解》和《黑馬甲：民
國時代的左翼電影──1932～1937 年現存中國電影文本讀解》，敬請參閱。

〔註 26〕 《神女》（故事片，黑白，無聲），聯華影業公司 1934 年出品；VCD（雙碟），
時長 73 分 28 秒；編劇、導演：吳永剛；攝影：洪偉烈；主演：阮玲玉、黎鏗、
章志直、李君磐。我對這部影片的具體意見，祈參見拙作：《城市意識與左翼電
影視角中的性工作者形象──1934 年無聲影片〈神女〉的當下讀解》（載《上海

〔註 27〕、《風雲兒女》（1935）〔註 28〕，以及幾年前才向公眾放映的《奮鬥》
（1932）〔註 29〕。1936 年，左翼電影被新興的「國防電影」（運動）取代，但
餘緒尚存，這就是《孤城烈女》（1936）〔註 30〕和 1937 年《聯華交響曲》（中
的三個短片《兩毛錢》《三人行》《鬼》）〔註 31〕。

文化》2008 年第 5 期），其完全版和未刪節（配圖）版，先後收入拙著《黑白膠
片的文化時態——1922～1936 年中國早期電影現存文本讀解》和《黑馬甲：民
國時代的左翼電影——1932～1937 年現存中國電影文本讀解》，敬請參閱。

〔註 27〕《桃李劫》（故事片，黑白，有聲），電通影片公司 1934 年出品；VCD（雙碟），
時長 102 分 46 秒；編劇、導演：應雲衛；攝影：吳蔚雲、李熊湘；主演：袁牧之、
陳波兒、唐槐秋、周伯勳、黃志宏。我對這部影片的具體意見，祈參見拙作：《電
影〈桃李劫〉散論——批判性、階級性、暴力性與藝術樸素性之共存》（載《寧波
大學學報》2008 年第 2 期），其完全版和未刪節（配圖）版，先後收入拙著《黑白
膠片的文化時態——1922～1936 年中國早期電影現存文本讀解》和《黑馬甲：民
國時代的左翼電影——1932～1937 年現存中國電影文本讀解》，敬請參閱。

〔註 28〕《風雲兒女》（故事片，黑白，有聲），電通影片公司 1935 年出品；VCD（雙
碟），時長 89 分 10 秒；【原作：田漢】；編劇：田漢，【分場劇本：夏衍】；導
演：許幸之；攝影：吳印咸；主演：袁牧之、王人美、談瑛、顧夢鶴、陸露
明。我對這部影片的具體意見，祈參見拙作：《左翼電影的藝術特徵、敘事策
略的市場化轉軌及其與新市民電影的內在聯繫》（載《湖南大學學報》2008 年
第 3 期），其完全版和未刪節（配圖）版，先後收入拙著《黑白膠片的文化時
態——1922～1936 年中國早期電影現存文本讀解》和《黑馬甲：民國時代的
左翼電影——1932～1937 年現存中國電影文本讀解》，敬請參閱。

〔註 29〕《奮鬥》（故事片，黑白，無聲），聯華影業公司 1932 年出品；中國電影資料
館（北京）館藏影片，（殘片）時長：約 85 分鐘；編劇、導演：史東山；攝
影：周克；主演：陳燕燕、鄭君里、袁叢美、劉繼群。我對這部影片的具體
意見，祈參見拙作：《1930 年代初期中國舊市民電影向左翼電影的轉型過渡
——以聯華影業公司 1932 年出品的〈奮鬥〉為例》（載《浙江傳媒學院學報》
2015 年第 1 期），其未刪節（配圖）版，收入拙著《黑馬甲：民國時代的左
翼電影——1932～1937 年現存中國電影文本讀解》，敬請參閱。

〔註 30〕《孤城烈女》（原名《泣殘紅》，故事片，黑白，有聲），聯華影業公司 1936 年出
品；VCD（雙碟），時長 88 分 26 秒；編劇：朱石麟；導演：王次龍；攝影：陳
晨；主演：陳燕燕、鄭君里、尚冠武、韓蘭根、恒勵。我對這部影片的具體意見，
祈參見拙作：《〈孤城烈女〉：左翼電影在 1936 年的餘波回轉和傳遞》（載《青海師
範大學學報》2008 年第 6 期），其完全版和未刪節（配圖）版，先後收入拙著《黑
白膠片的文化時態——1922～1936 年中國早期電影現存文本讀解》和《黑馬甲：
民國時代的左翼電影——1932～1937 年現存中國電影文本讀解》，敬請參閱。

〔註 31〕《聯華交響曲》（短故事片合集，黑白，有聲），聯華影業公司 1937 年出品；
VCD（雙碟），時長 102 分 45 秒；編劇、導演：司徒慧敏、蔡楚生、費穆、
譚友六、沈浮、賀孟斧、朱石麟、孫瑜。影片由八個短片組成，其中，屬於
左翼電影的三個短片依次是：《兩毛錢》（編劇：蔡楚生；導演：司徒慧敏；
主演：藍蘋、梅熹、沈浮）、《三人行》（編劇、導演：沈浮；主演：韓蘭根、

左翼電影的特徵非常明顯，一般來說有三個。

第一是階級性：左翼電影中的所有人物都是以階級性來劃分的。簡而言之，有錢人是壞人，窮人是好人：有錢人政治上反動，經濟上貪婪，道德上敗壞，容貌猥瑣；窮人思想覺悟先進、反抗強權壓迫、投身民族解放運動、呼籲抗日救亡，經濟上被剝削，佔有道德高位，相貌英俊。第二是暴力性：不同於舊市民電影的噱頭打鬥，左翼電影的暴力是群體性的、反抗性的階級鬥爭，其死亡一定是階級對立和衝突的結果。第三是宣傳性：左翼電影以新思想、新觀念和新人物取勝，往往將舊市民電影的「三角戀愛」等藝術模式直接搬過來並加入革命性元素，因此又具有顛覆主流價值觀念或反主流思想意識的思想暴力。

圖片說明：《黑棉襖：民國文化中的舊市民電影——1922～1931 年現存中國電影文本讀解》，「民國文化與文學研究」文叢第三編第 11 冊（序 4+目 2+176 面，ISBN 978-986-322-783-0）、第 12 冊（目 2+170 面，ISBN 978-986-322-784-7）封面照，臺灣花木蘭文化出版社 2014 年 9 月版（全書共 350 頁，版權頁字數：173984 字，插圖：419 幅）。（圖片攝影：姜菲）

劉繼群、殷秀岑）、《鬼》（編劇、導演：朱石麟；主演：黎莉莉、勵恒）。我對《聯華交響曲》全片的具體意見，祈參見拙作：《〈聯華交響曲〉：左翼電影餘緒與國防電影的雙重疊加——1937 年全面抗戰爆發之前中國國產電影文本讀解之一》（載《浙江傳媒學院學報》2010 年第 2 期），其完全版和未刪節（配圖）版，先後收入拙著《黑夜到來之前的中國電影——1937 年現存國產影片文本讀解》（中國廣播電視出版社 2012 年 1 月第 1 版）和《黑馬甲：民國時代的左翼電影——1932～1937 年現存中國電影文本讀解》，敬請參閱。

　　1933 年，中國有聲電影史上第一部高票房電影《姊妹花》〔註32〕的出現，意味著新電影中的新市民電影正式登場亮相，並且與左翼電影一道，共同成為國產影片的主流。新市民電影和左翼電影的主要區別，就在於左翼電影灌注、強化、凸顯其在社會意識形態和思想文化領域的批判性、反抗性和革命性，新市民電影則是有選擇地將左翼思想元素轉化為影片賣點，側重都市文化消費。

　　如果說，以噱頭、打鬥和鬧劇為核心元素，以社會教化為主題、以婚姻家庭和武俠神怪為主要題材的舊市民電影，可以用主題通俗、題材庸俗、形式低俗的「三俗」概括，那麼，左翼電影就是「三性」（階級性、暴力性、宣傳性），而新市民電影則是具有在思想、技術和時尚品味等方面的「三投機」品質。

　　現存的、公眾可以看到的新市民電影文本，除了《姊妹花》，還有《脂粉市場》（1933）〔註33〕、《女兒經》（1934）〔註34〕、《漁光曲》（1934）〔註35〕、

〔註32〕《姊妹花》（故事片，黑白，有聲），明星影片公司 1933 年出品；VCD（雙碟），時長：81 分 9 秒。編劇、導演：鄭正秋；攝影：董克毅；主演：胡蝶、宣景琳、鄭小秋、譚志遠、顧梅君、顧蘭君、徐莘園、袁紹梅。我對這部影片的具體意見，祈參見拙作：《雅、俗文化互滲背景下的〈姊妹花〉》（載《當代電影》2008 年第 5 期），其完全版和未刪節（配圖）版，先後收入拙著《黑白膠片的文化時態——1922～1936 年中國早期電影現存文本讀解》和《黑皮鞋：抗戰爆發前的新市民電影——1933～1937 年現存中國電影文本讀解》（「民國文化與文學研究」文叢六編，第 8、9 冊，臺灣花木蘭文化出版社 2016 年 9 月版），敬請參閱。

〔註33〕《脂粉市場》（故事片，黑白，有聲），明星影片公司 1933 年出品；VCD（雙碟），時長：82 分 48 秒；編劇：丁謙平【夏衍】；導演：張石川；攝影：董克毅；主演：胡蝶、龔稼農、嚴月嫻、王獻齋、孫敏。我對這部影片的具體意見，祈參見拙作：《〈脂粉市場〉（1933 年）：謝絕深度，保持平面——1930 年代中國新市民電影讀解之一》（載《長江師範學院學報》2008 年第 5 期），其完全版和未刪節（配圖）版，先後收入拙著《黑白膠片的文化時態——1922～1936 年中國早期電影現存文本讀解》和《黑皮鞋：抗戰爆發前的新市民電影——1933～1937 年現存中國電影文本讀解》，敬請參閱。

〔註34〕《女兒經》（故事片，黑白，有聲），明星影片公司 1934 年出品；VCD（三碟）時長：157 分 54 秒；編劇：編劇委員會；導演：李萍倩、程步高、姚蘇鳳、吳村、陳鏗然、沈西苓、徐欣夫、鄭正秋、張石川；攝影：董克毅、王士珍、嚴秉衡、周詩穆、陳晨；主演：胡蝶、宣景琳、夏佩珍、嚴月嫻、顧蘭君、高倩蘋、梅熹、袁紹梅、徐來、徐琴芳、袁曼麗、鄭小秋、高占非、王獻齋、龔稼農、尤光照。我對這部影片的具體意見，祈參見拙作：《1933～1935 年：從左翼電影到新市民電影——用 5 部影片單線論證中國國產電影之演變軌跡（上）》（載《浙江傳媒學報》2009 年第 5 期），其完全版和未刪節（配圖）版，先後收入拙著《黑白膠片的文化時態——1922～1936 年中國早期電影現存文本讀解》和《黑皮鞋：抗戰爆發前的新市民電影——1933～1937 年現存中國電影文本讀解》，敬請參閱。

〔註35〕《漁光曲》（故事片，黑白，配音，殘片），聯華影業公司 1934 年出品；VCD

《都市風光》（1935）〔註36〕、《船家女》（1935）〔註37〕、《新舊上海》（1936）〔註38〕、

（單碟），時長：56分6秒；編劇、導演：蔡楚生；攝影：周克；主演：王人美、羅朋、湯天繡、韓蘭根、談瑛、尚冠武、裘逸葦。2009年之前，我一直將《漁光曲》歸屬於左翼電影序列，（見拙作：《1933～1935年：從左翼電影到新市民電影——用5部影片單線論證中國國產電影之演變軌跡（上）》，載《浙江傳媒學報》2009年第5期，收入拙著《黑白膠片的文化時態——1922～1936年中國早期電影現存文本讀解》一書時，列為第23章，題目是：《向新市民電影靠攏：超階級的人性觀照和電影新視聽模式的構建——〈漁光曲〉（1934年）：變化中的左翼電影之四》），其原因，主要是自覺地受到主流研究觀點的規範，沒有深入考察影片的主題和版本問題。修正了觀點後，在舊版本基礎上改正的版本作為第肆章（未刪節配圖版），收入拙著《黑皮鞋：抗戰爆發前的新市民電影——1933～1937年現存中國電影文本讀解》）。我對這部影片的最新意見，祈參見拙作：《新市民電影：超階級的人性觀照和新電影視聽模式的構建——配音片〈漁光曲〉（1934年）再讀解》（載《電影評介》2016年第18期）。

〔註36〕《都市風光》（故事片，黑白，有聲），電通影片公司1935年出品；VCD（雙碟），時長：92分29秒；編劇、導演：袁牧之；攝影：吳印咸；主演：張新珠、唐納、白璐、顧夢鶴、周伯勳、吳茵。我對這部影片的具體意見，祈參見拙作：《1933～1935年：從左翼電影到新市民電影——用5部影片單線論證中國國產電影之演變軌跡（下）》（《浙江傳媒學院學報》2009年第6期），其完全版和未刪節（配圖）版，先後收入拙著《黑白膠片的文化時態——1922～1936年中國早期電影現存文本讀解》和《黑皮鞋：抗戰爆發前的新市民電影——1933～1937年現存中國電影文本讀解》，敬請參閱。

〔註37〕《船家女》（故事片，黑白，有聲），明星影業公司1935年出品；VCD（雙碟），時長：101分15秒；編劇、導演：沈西苓；攝影：嚴秉衡、周詩穆；主演：高占非、徐來、胡笳、嚴工上、唐巢父、朱孤雁、孫敬、王吉亭。我對這部影片的具體意見，祈參見拙作：《新市民電影：左翼電影的高級模仿秀——明星影片公司1935年出品的〈船家女〉讀解》（載《江漢大學學報》2009年第1期），其完全版和未刪節（配圖）版，先後收入拙著《黑白膠片的文化時態——1922～1936年中國早期電影現存文本讀解》和《黑皮鞋：抗戰爆發前的新市民電影——1933～1937年現存中國電影文本讀解》，敬請參閱。

〔註38〕《新舊上海》（故事片，黑白，有聲），明星影片公司1936年出品；VCD（雙碟），時長101分52秒；編劇：洪深；導演：程步高；攝影：董克毅；主演：王獻齋、舒繡文、薛秋霞、黃耐霜、譚志遠、袁紹梅、顧梅君、英茵。我對這部影片的具體意見，祈參見拙作：《1936年：有聲片〈新舊上海〉讀解——中國左翼電影轉型、分流後現存唯一的新市民電影》（載《汕頭大學學報》2008年第2期），其完全版和未刪節（配圖）版，先後收入拙著《黑白膠片的文化時態——1922～1936年中國早期電影現存文本讀解》和《黑皮鞋：抗戰爆發前的新市民電影——1933～1937年現存中國電影文本讀解》，敬請參閱。

《壓歲錢》（1937）〔註39〕、《十字街頭》（1937）〔註40〕、《馬路天使》（1937）
〔註41〕、《夜半歌聲》（1937）〔註42〕、《如此繁華》（1937）〔註43〕、《王

〔註39〕　《壓歲錢》（故事片，黑白，有聲），明星影片公司 1937 年出品；VCD（雙
　　　　碟），時長：91 分鐘 9 秒；編劇：洪深【夏衍】；導演：張石川；攝影：董克
　　　　毅；主演：胡蓉蓉、龔秋霞、龔稼農、嚴工上、黎明暉、王獻齋、英茵、吳
　　　　茵。我對這部影片的具體意見，祈參見拙作：《新市民電影〈壓歲錢〉：中國
　　　　早期電影中的賀歲片》（載《浙江傳媒學院學報》2010 年第 4 期）、《新市民
　　　　電影的世俗精神及其對意識形態的市場化規避——以 1937 年的賀歲片〈壓
　　　　歲錢〉為例》（載《河北師範大學學報》2011 年第 2 期），以上兩文合成後的
　　　　完全版和未刪節（配圖）版，先後收入拙著《黑夜到來之前的中國電影——
　　　　1937 年現存國產影片文本讀解》和《黑皮鞋：抗戰爆發前的新市民電影——
　　　　1933～1937 年現存中國電影文本讀解》，敬請參閱。

〔註40〕　《十字街頭》（故事片，黑白，有聲），明星影片公司 1937 年出品；VCD（雙
　　　　碟），片頭預告片時長：1 分 42 秒，正片時長：103 分 48 秒；編導：沈西苓；
　　　　攝影：周詩穆、王玉如；主演：趙丹、白楊、英茵、呂班、沙蒙。我對這部
　　　　影片的具體意見，祈參見拙作：《〈十字街頭〉：1930 年代國產電影中的「蟻
　　　　族」生活寫照與喜劇化處理》（載《浙江傳媒學院學報》2010 年第 6 期），其
　　　　完全版和未刪節（配圖）版，先後收入拙著《黑夜到來之前的中國電影——
　　　　1937 年現存國產影片文本讀解》和《黑皮鞋：抗戰爆發前的新市民電影——
　　　　1933～1937 年現存中國電影文本讀解》，敬請參閱。

〔註41〕　《馬路天使》（故事片，黑白，有聲），明星影片公司 1937 年出品；VCD（雙
　　　　碟），時長：89 分 58 秒；編劇、導演：袁牧之；攝影：吳印咸；主演：趙丹、
　　　　周璇、魏鶴齡、趙慧深、王吉亭、柳金玉。我對這部影片的具體意見，祈參
　　　　見拙作：《〈馬路天使〉：新市民電影的經典之作——基於左翼電影和國防電影
　　　　背景的審視》（載《汕頭大學學報》2011 年第 1 期）、《1937 年國產電影音樂
　　　　配置與傳播效果的世俗影響》（載《中國音樂》2011 年第 3 期），以上兩文合
　　　　成後的完全版和未刪節（配圖）版，先後收入拙著《黑夜到來之前的中國電
　　　　影——1937 年現存國產影片文本讀解》和《黑皮鞋：抗戰爆發前的新市民電
　　　　影——1933～1937 年現存中國電影文本讀解》，敬請參閱。

〔註42〕　《夜半歌聲》（故事片，黑白，有聲），新華影業公司 1937 年出品；VCD
　　　　（雙碟），時長：118 分 8 秒；編劇、導演：馬徐維邦；攝影：余省三、薛
　　　　伯青；主演：金山、胡萍、施超、許曼麗、周文珠、顧夢鶴。我對這部影
　　　　片的具體意見，祈參見拙作：《〈夜半歌聲〉：驚悚元素與市民審美的再度
　　　　狂歡——1937 年新市民電影在國防電影運動背景下的新發展》（載《浙江
　　　　傳媒學院學報》2010 年第 5 期），其完全版和未刪節（配圖）版，先後收
　　　　入拙著《黑夜到來之前的中國電影——1937 年現存國產影片文本讀解》和
　　　　《黑皮鞋：抗戰爆發前的新市民電影——1933～1937 年現存中國電影文
　　　　本讀解》，敬請參閱。

〔註43〕　《如此繁華》（故事片，黑白，有聲），聯華影業公司 1937 年出品；VCD（雙
　　　　碟），時長：103 分鐘 27 秒；編劇、導演：歐陽予倩；攝影：黃紹芬；主演：
　　　　黎莉莉、尚冠武、尤光照、梅熹、張琰、韓蘭根、劉瓊。我對這部影片的具

老五》（1937）〔註 44〕，以及這幾年新公布的《迷途的羔羊》（1936）〔註 45〕、《藝海風光》（1937）〔註 46〕、《二對一》（1933）〔註 47〕。

體意見，祈參見拙作：《〈如此繁華〉的世俗品位與藝術趣味──1937 年抗戰全面爆發前的新市民電影》（載《浙江傳媒學院學報》2011 年第 3 期）、《新市民電影〈如此繁華〉的世俗性、時尚性與趣味性──1937 年抗戰全面爆發前的國產電影》（載《當代電影》2011 年第 4 期），以上兩文合成後的完全版和未刪節（配圖）版，先後收入拙著《黑夜到來之前的中國電影──1937 年現存國產影片文本讀解》和《黑皮鞋：抗戰爆發前的新市民電影──1933～1937 年現存中國電影文本讀解》，敬請參閱。

〔註 44〕《王老五》（故事片，黑白，有聲），聯華影業公司 1937 年出品，1938 年公映；網絡視頻，時長 110 分 36 秒；編劇、導演：蔡楚生；攝影：周達明；主演：王次龍、藍蘋、殷秀岑、韓蘭根、洪警鈴、尚冠武、嚴斐、秦海郵。我對這部影片的具體意見，祈參見拙作：《藍蘋主演的〈王老五〉是一部什麼性質的影片──管窺 1937 年全面抗戰爆發前後的國產電影》（載《學術界》2011 年第 8 期）、《〈王老五〉的新技術主義製片路線及其藝術特徵──1937 年全面抗戰爆發前後的新市民電影實證》（載《浙江傳媒學院學報》2011 年第 5 期），以上兩文合成後的完全版（配圖）和未刪節（配圖）版，先後收入拙著《黑夜到來之前的中國電影──1937 年現存國產影片文本讀解》和《黑皮鞋：抗戰爆發前的新市民電影──1933～1937 年現存中國電影文本讀解》，敬請參閱。

〔註 45〕《迷途的羔羊》（故事片，黑白，配音，刪節版），聯華影業公司 1936 年出品；視頻，時長 63 分 30 秒；編劇、導演：蔡楚生；攝影：周達明；主演：葛佐治、陳娟娟、黎灼灼、鄭君里、沈百寧、秦海郵、劉瓊。我對這部影片的具體意見，祈參見拙作：《20 世紀 30 年代中國電影製片生態與電影形態解讀──兼析〈迷途的羔羊〉（1936）》（載《電影評介》2017 年第 11 期），其未刪節（配圖）版，收入拙著《黑皮鞋：抗戰爆發前的新市民電影──1933～1937 年現存中國電影文本讀解》，敬請參閱。

〔註 46〕《藝海風光》（短故事片合集，黑白，有聲），華安影業股份有限公司 1937 年出品；視頻，時長 102 分 59 秒；（電影城）編導：朱石麟；攝影：沈勇石；主演：尚冠武、黎灼灼；《話劇團》編導：賀孟斧；攝影：陳晨；主演：鄭君里、陳燕燕；《歌舞班》編劇：蔡楚生；導演：司徒敏慧；攝影：黃紹芬；主演：黎莉莉、梅熹）。我對這部影片的具體意見，祈參見拙作：《抗戰全面爆發前夕中國電影的生態面貌管窺──以 1937 年的〈藝海風光〉為例》（載《汕頭大學學報》2016 年第 4 期），其未刪節（配圖）版，收入拙著《黑皮鞋：抗戰爆發前的新市民電影──1933～1937 年現存中國電影文本讀解》，敬請參閱。

〔註 47〕《二對一》（故事片，黑白，有聲），明星影片公司 1933 年出品；視頻，時長 79 分 4 秒；編劇：王乾白；導演：張石川；攝影：董克毅；主演：龔稼農、鄭小秋、王徵信、高倩蘋、嚴月嫻、艾霞、宣景琳。我對這部影片的具體意見，祈參見拙作：《與左翼電影分道揚鑣的新市民電影──以 1933 年出品的〈二對一〉為主要分析案例》（載《浙江傳媒學院學報》2015 年第 5 期），其未刪節（配圖）版，收入拙著《黑皮鞋：抗戰爆發前的新市民電影──1933～1937 年現存中國電影文本讀解》，敬請參閱。

　　（需要順便提及的是，我對以上羅列的現存的、公眾可以看到的舊市民電影、左翼電影、新市民電影的影片文本個案討論，均先後收入《黑白膠片的文化時態——1922～1936年中國早期電影現存文本讀解》和《黑夜到來之前的中國電影——1937年現存國產影片文本讀解》兩書，其未刪節（配圖）版以及新增補的個案讀解，五年後均分別輯入《黑棉襖：民國文化中的舊市民電影——1922～1931年現存中國電影文本讀解》《黑馬甲：民國時代的左翼電影——1932～1937年現存中國電影文本讀解》和《黑皮鞋：抗戰爆發前的新市民電影——1933～1937年現存中國電影文本讀解》，敬請參閱）。

圖片說明：《黑馬甲：民國時代的左翼電影——1932～1937年現存中國電影文本讀解》，「民國文化與文學研究」文叢第五編第23冊（序4+目2+172 面，ISBN 978-986-404-265-4）、第24冊（目2+176 面，ISBN 978-986-404-266-1）封面照，臺灣花木蘭文化出版社2015年9月版（全書共348頁，版權頁字數：201796字，插圖：574幅）。（圖片攝影：姜菲）

丙、國粹電影的生成背景、性質以及與左翼電影、新市民電影的區別

　　但是在1934年，也就是新市民電影粉墨登場一年之後，又有一種新的電影形態加入主流。或者說，分析現存的、公眾可以看到的影片文本，只要稍

加注意、對比就會發現，有一種新電影，既不屬於舊電影即舊市民電影，也不能被新電影的左翼電影或新市民電影容括、包含或歸附。最初（2009 年之前），我把這些電影大致歸類，稱之為「高度疑似政府主旋律影片或曰新民族主義電影」[9]。十年之後（2019 年），我正式將其視為國粹電影。[12]

世上所有的新都是源自舊，因為「陽光之下無新事」，文藝作品也不能例外。左翼電影和新市民電影都脫胎於舊市民電影，國粹電影也一樣。實際上，回顧一下舊市民電影的發展歷程就會發現，1920 年代末期，舊市民電影越往後發展，新的東西就越多。到 1931 年，舊市民電影發展到頂峰時期，也就是即將被新電影中的左翼電影淘汰出局的前一年，聯華影業公司拍攝了朱石麟編導的《戀愛與義務》。這個片子的屬性當然是舊市民電影，但它的主基調卻有新的東西。即一方面痛斥婚外情，一方面對倫理道德的強調卻帶有濃重的新時代特徵，即新人物、新思想的光芒。

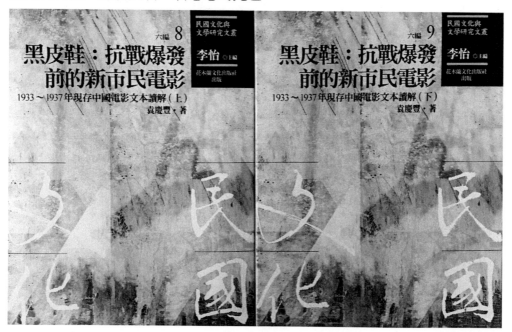

圖片說明：《黑皮鞋：抗戰爆發前的新市民電影——1933～1937 年現存中國電影文本讀解》，「民國文化與文學研究」文叢六編第 8 冊（序 6+目 2+220 面，ISBN 978-986-404-700-0）、第 9 冊（目 2+292 面，ISBN 978-986-404-701-7）封面照，臺灣花木蘭文化出版社 2016 年 9 月版（全書共 511 頁，版權頁字數：310553 字，插圖：959 幅）。（圖片攝影：姜菲）

　　隨著時間跨入1932年，舊市民電影中的左翼色彩日漸濃鬱。譬如當年的
《南國之春》，當兩個苦戀已久的男女主人公生死離別之際，女主人公彌留時
對男主人公的臨終遺言竟是：

　　　　「你……你不要這樣……我希望你不要為我而傷心……現在
　　是國家多難之秋……鼓起你的勇氣……去救國……去殺盡我們的
　　敵人……」。

　　從純粹的男女私情上升至國家乃至民族大義層面，這正是當年興盛的左
翼電影最打動人心的思想品質之一。所以我才說，與同年的大片巨製《啼笑
因緣》相比較，此時電影的一新一舊，**顯而易見**。〔13〕

　　就現存的、公眾可以看到的文本而言，國粹電影的奠基之作是1934年的
《歸來》，影片的主題和題材雖然依舊是家庭倫理道德，但卻前所未有地突出
和強調家國一體：男主人公對女主人公的選擇以及兩位妻子的去留選擇，其
實就是對國族即國家倫理層面的民族高度認同和確認。所以，其道德站位就
有了前所未有的新境界和新品質——而這，是舊電影即舊市民電影從來沒有
的思想境界和從未使用過的道德標尺。〔註48〕

　　國粹電影出現於1934年絕非偶然，從小環境上講，是由1930年代初期
電影界的文化生態和電影公司的製片路線所決定的。就在前一年的1933年年
初，以出產左翼電影佔領了市場先機的聯華影業公司，在擴大生產規模之際
（將原先「聯華」的兩個廠擴充為兩個公司），「聯華」首腦羅明佑提出了著
名的「四國主義」製片方針，曰：「挽救國片、宣揚國粹、提倡國業、服務國
家」〔3〕P246，明確提出要拍攝「國粹」影片〔3〕P246~427。

　　這個口號遭到「聯華同人會」的反對，兩廠主創人員甚至召開「聯合大
會」抗議，迫使羅明佑在4月底正式宣布取消「四國主義」，恢復了公司原先
「提倡藝術、宣揚文化、啟發民智、挽救影業」的製片口號〔3〕P247。

　　這場風波看似出自「黨的領導」〔3〕P247，並獲得了「勝利」，但實際上並未
阻止羅明佑、黎民偉及其共同執掌的聯華影業公司，在1934年繼續出產左翼
電影譬如《體育皇后》《大路》《新女性》《神女》，以及新市民電影譬如《漁光
曲》的同時，堅持和實施出產國粹電影的多元化市場應對方針和製片策略。

─────────────

〔註48〕《歸來》（故事片，黑白，無聲），聯華影業公司1934年出品；編導：朱石麟。
　　　　我對這部影片的具體討論意見，祈參閱本書第壹章。

因此，這一年《歸來》的出品，不僅意味著國粹電影的正式登堂亮相，也意味著國粹電影正式確立了其新電影形態並進入電影生產主流。

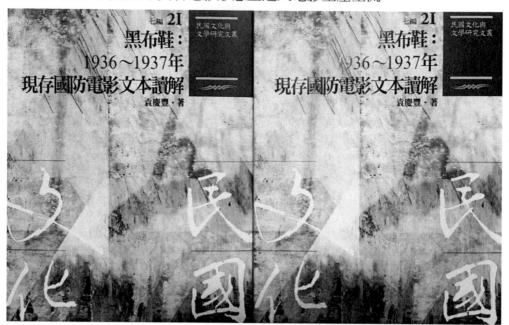

圖片說明：《黑布鞋：1936～1937 年現存國防電影文本讀解》，「民國文化與文學研究」文叢七編第 21 冊（序 8+目 2+228 面，ISBN 978-986-485-062-4）封面照，臺灣花木蘭文化事業有限公司 2017 年 9 月版（全書共 238 頁，版權頁字數：136730 字，插圖：282 幅）。（圖片攝影：姜菲）

生成國粹電影的大環境，是國民政府於 1934 年開始正式推廣的「新生活運動」（簡稱「新運」）。其主要內容是：一、以禮、義、廉、恥為（國民道德的）基本準則；二、從改造國民的衣食住行日常生活做起；三、以整齊、清潔、簡單、樸素、迅速、確實為標準，在一個政府，一個主義，一個領袖之下，絕對統一，絕對團結，絕對服從命令；四、以生活藝術化、生產化、軍事化，特別是軍事化為目標，隨時準備捐軀犧牲，盡忠報國。[14]

其實，無論是「新運」還是「國粹」（電影），從文化源流上說，都是二十世紀初期中國社會發展中的文化生態在不同領域的交集甚至應激反應。在國粹電影和「新運」之前的十幾年即 1920 年代，在「短短的幾年內」，「西方文藝復興以來各種各樣的文學思潮及相關的哲學思潮都先後湧入中國。如現實主義、自然主義、浪漫主義、唯美主義、象徵主義、印象主義、心理分析派、意象派、立體派、未來派等等，以及人道主義、進化論、實證主義、尼采超人哲學、叔

本華悲劇論、弗洛伊德主義、托爾斯泰主義、基爾特社會主義、無政府主義、
國家主義、馬克思主義等等，都有人介紹並有人宣傳、試驗、信仰」。[15]P14~15

　　這些外來的西方文化思潮，雖然其自身多有區別甚至對立和纏鬥，但在
東西方文化大碰撞中，在客觀上，形成的卻是對東方文化──也就是中國本
土文明尤其是傳統文化一家一脈──不約而同地優勢擠壓和合力衝撞。如果
說，左翼電影和新市民電影都或多或少地受益於上述這些外來思潮（或者多
少有點影響因子）的話，那麼，同樣作為新電影的國粹電影，卻是試圖隻身
挺立與之衝突、較量、對抗。這也就是為什麼，看似都遵從、崇尚和強調傳統
倫理道德，但舊市民電影和國粹電影卻是新、舊不同形態的根本原因所在。

　　抗戰全面爆發前的國粹電影，在1935年趨於高潮。現存的、公眾可以看
到的文本雖然為數不多，但已足以形成規模。

圖片說明：中國大陸市場銷售的《國風》（故事片，黑白，無聲；編劇：羅明佑；聯
合導演：羅明佑、朱石麟；聯華影業公司1935年出品）DVD碟片包裝之封面（左）、
封底照。（圖片攝影：姜菲）

　　1935年的《國風》（編劇：羅明佑；聯合導演：羅明佑、朱石麟），把對
城市奢靡之風的否定與固守傳統美德相關聯，將舊市民電影常見的三角戀直
接改造成呼應政府新生活運動的教化影像，簡單粗暴。具體地說，「聯華」創
辦者和主導者羅明佑、黎民偉，他們在民族主義前提下的文化理念有著與政

府首腦在文化主張上高度重合的一致之處，其政治和經濟的關聯不過是這個前提下的必然結果（這也是為什麼十幾年前我將其稱為「高度疑似政府主旋律影片或曰新民族主義電影」的直接原因）〔註49〕。

同一年的《天倫》（編劇：鍾石根；導演：羅明佑；副導演：費穆），故事開始的時間點，被特意設置在清末民初，祖父在乃父床前聆聽教誨，爾後終其一生把孫輩培養成繼承事業的新人，最終感化了不孝兒女。影片重點不在孝道，重在整體上批評城市對鄉村的文化擠壓、對傳統人倫的道德侵蝕〔註50〕。

1936年的《慈母曲》（編導：朱石麟；導演：羅明佑）再接再厲，看上去講的是兒女成群卻大部分不肯贍養孤苦老母，最終在唯一孝子的教訓下回歸傳統孝道的故事，但其重心還是放在新舊時代衝突中不能忘記人倫本來的教化上，用心良苦〔註51〕。

1937年的《人海遺珠》（編劇、導演：朱石麟），講的是母女兩代的愛情遭遇，把一個老套故事翻出新意：影片以道德擔當為切入點，體現的既是家國一體的核心價值觀念，也是在新時代對傳統倫理道德的重新定位〔註52〕。

同一年的《前臺與後臺》（編劇：費穆；導演：周翼華）故事很短但道理很深，實際上是導演對民族精神一往情深的理想化梳理，對文化傳統情有獨鍾的影像再現〔註53〕；《好女兒》（原名《新舊時代》，編劇、導演：朱石麟）是《慈母曲》的女性視角版，那個唯一有出息的女兒不是因為孝順，而是因為她跟上了新時代的步伐〔註54〕。

〔註49〕《國風》（故事片，黑白，無聲），聯華影業公司1935年出品；編劇：羅明佑；聯合導演：羅明佑、朱石麟。我對這部影片的具體討論意見，祈參閱本書第貳章。

〔註50〕《天倫》（故事片，黑白，配音，刪節版），聯華影業公司1935年出品；編劇：鍾石根；導演：羅明佑；副導演：費穆。我對這部影片的具體討論意見，祈參閱本書第叁章。

〔註51〕《慈母曲》（故事片，黑白，有聲），聯華影業公司1936年出品；編導：朱石麟；導演：羅明佑。我對這部影片的討論意見尚未公開發表，更多影片相關信息，祈參閱本書第肆章。

〔註52〕《人海遺珠》（故事片，黑白，有聲），聯華影業公司1937年出品；編劇、導演：朱石麟。我對這部影片的具體討論意見，祈參閱本書第伍章。

〔註53〕《前臺與後臺》（短故事片，黑白，有聲），聯華影業公司1937年出品；編劇：費穆；導演：周翼華；我對這部影片的具體討論意見，祈參閱本書第陸章。

〔註54〕《好女兒》（原名《新舊時代》，故事片，黑白，有聲），華安影業股份有限公司1937年出品；編劇、導演：朱石麟。我對這部影片的討論意見尚未公開發表，更多影片相關信息，祈參閱本書第柒章。

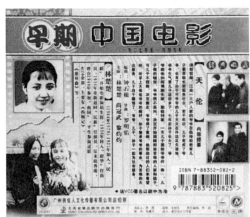

圖片說明：中國大陸市場銷售的《天倫》（故事片，黑白，配音，刪節版；編劇：鍾石根；導演：羅明佑；副導演：費穆；聯華影業公司1935年出品）VCD碟片包裝之封面（左）、封底照。（圖片攝影：姜菲）

國粹電影與其他兩類新電影形態的關係，概括地說，就是既反對左翼電影激進的革命立場、反對其宣揚和主張社會革命和階級鬥爭，同時又反對新市民電影的現代都市娛樂消費，與此同時，又不是、不等於它脫胎而來的舊市民電影對傳統觀念的不斷闡釋。

也就是說，國粹電影從出現之日起就是有所針對、有所批判：既反對左（激進），也反對右（保守），既反對先鋒的（新），也反對落後的（舊）。這個「左」和「右」僅僅指其位置，因為國粹電影的後面還有個被時代拋離主流的舊市民電影。在這一點上，它和左翼電影、新市民電影一樣，切合了中國本土文藝在時代發展中的脈搏跳動。

就文化價值理念而言，傳統文化和以舊文學為代表的通俗文學在1910年代，與以新文學為代表的新文化對立[15]P90~91，因此，舊文化、舊文學更多地以傳統文化的面貌得以生存和體現。在國粹電影出現的1930年代，新、舊文學也就是雅、俗之別，已然呈現互動互滲的態勢[15]P337~338，共同前行。

而以黎民偉、羅明佑為代表的「聯華」公司，以朱石麟、費穆為代表的編導，其對國粹電影傾心和重視、揄揚和努力，又可以看作是1930年代中國知識分子站在民族主義和自由批判立場上，就如何對待本民族傳統文化所發出的第三種聲音：既反對左翼電影對傳統文化的全盤否定，又反對新市民電影對傳統文化的消費性表現，同時，也反對舊市民電影對傳統文化的固化表彰。

圖片說明：中國大陸市場銷售的《慈母曲》（故事片，黑白，有聲；編導：朱石麟；導演：羅明佑；聯華影業公司 1936 年出品）VCD 碟片包裝之封面（左）、封底照。（圖片攝影：姜菲）

丁、結語

1936 年，國防電影（運動）全面取代左翼電影，在成為左翼電影的升級換代版本的同時，順利完成其歷史性轉型。對此，只要比較性地研讀現存的、公眾可以看到的國防電影，譬如《浪淘沙》（1936）〔註 55〕、《狼山喋血記》（1936）〔註 56〕、《壯志凌雲》（1936）〔註 57〕、《聯華交響曲》（其中的五個

〔註 55〕《浪淘沙》（故事片，黑白，有聲），聯華影業公司 1936 年出品；VCD（單碟），時長 68 分 32 秒；編劇、導演：吳永剛；攝影：洪偉烈；主演：金焰、章志直。我對這部影片的具體意見，祈參見拙作：《新浪潮——1930 年代中國電影的歷史性閃存——〈浪淘沙〉：電影現代性的高端版本和反主旋律的批判立場》（載《南京藝術學院學報——音樂與表演》2009 年第 1 期），其完全版和未刪節（配圖）版，先後收入拙著《黑白膠片的文化時態——1922～1936 年中國早期電影現存文本讀解》和《黑布鞋：1936～1937 年現存國防電影文本讀解》（「民國文化與文學研究」文叢七編第 21 冊，臺灣花木蘭文化事業有限公司 2017 年 9 月版），敬請參閱。

〔註 56〕《狼山喋血記》（故事片，黑白，有聲），聯華影業公司 1936 年出品；VCD（雙碟），時長 69 分 47 秒；原著：沈浮、費穆；編劇、導演：費穆；攝影：周達明；主演：黎莉莉、張翼、劉瓊、藍蘋、韓蘭根、尚冠武、洪警鈴。我對這部影片的具體意見，祈參見拙作：《國防電影與左翼電影的內在承接關係——以 1936 年聯華影業公司出品的〈狼山喋血記〉為例》（載《佛山科學技術學院學報》2008 年第 2 期），其完全版和未刪節（配圖）版，先後收入拙著《黑白膠片的文化時態——1922～1936 年中國早期電影現存文本讀解》和《黑布鞋：1936～1937 年現存國防電影文本讀解》，敬請參閱。

〔註 57〕《壯志凌雲》（故事片，黑白，有聲），新華影業公司 1936 年出品；VCD（雙

短片，1937）〔註58〕、《青年進行曲》（1937）〔註59〕、《春到人間》（1937）
〔註60〕，就會發現，左翼電影與國防電影之間顯著的、深刻的內在和外在的
邏輯與形式關聯。

　　首先，國防電影將左翼電影強調、凸顯的階級矛盾和階級鬥爭，提升、
轉化為民族矛盾和生死存亡的民族對決，並站在國家與民族的高度，將抗日
戰爭的正義性置於世界反法西斯戰爭的陣營當中；其次，將左翼電影中貧富
對立的階級鬥爭模式，轉換上升為侵略與反侵略的民族解放戰爭模式；再次，
繼承了左翼電影抗敵救國、民族救亡的宣傳理念，延續了左翼電影中的民族

碟），時長 93 分 41 秒；編劇、導演：吳永剛；攝影：余省三、薛伯青；主
演：金焰、王人美、宗由、田方、韓蘭根、章志直、王次龍、施超。我對這
部影片的具體意見，祈參見拙作：《電影市場對左翼電影類型轉換和品質提
升的作用──以〈壯志凌雲〉為例》（載《南京師範大學文學院學報》2009
年第 2 期），其完全版和未刪節（配圖）版，先後收入拙著《黑白膠片的文
化時態──1922～1936 年中國早期電影現存文本讀解》和《黑布鞋：1936
～1937 年現存國防電影文本讀解》，敬請參閱。

〔註58〕《聯華交響曲》中屬於國防電影的五個短片依次是：《春閨斷夢──無言之
劇》（編劇、導演：費穆；主演：陳燕燕、黎灼灼、洪警鈴）、《陌生人》（編
劇、導演：譚友六；主演：鄭君里、白璐、劉瓊、溫容）、《月夜小景》（編劇、
導演：賀孟斧；主演：李清、宗由、羅朋、嚴斐）、《瘋人狂想曲》（導演：孫
瑜；主演：尚冠武、梅琳、葛佐治）、《小五義》（編劇、導演：蔡楚生；主演：
李清、殷秀岑、王次龍、苗振宇、曹維東、葛佐治、唐根寶、周因因）。

〔註59〕《青年進行曲》（故事片，黑白，有聲），新華影業公司 1937 年出品；VCD
（雙碟），時長 105 分 45 秒；編劇：田漢；導演：史東山；攝影：薛伯青；
主演：施超、胡萍、許曼麗、顧而已、童月娟。我對這部影片的具體意見，
祈參見拙作：《左翼電影、國防電影與新中國電影的血緣淵源──以 1937 年
新華影業公司出品的〈青年進行曲〉為例》（載《杭州師範大學學報》2011 年
第 4 期）、《新電影的誕生是時代精神和市場需求的產物──以 1937 年新華
影業公司出品的〈青年進行曲〉為例》（載《北京電影學院學報》2011 年第 3
期），以上兩文合成後的完全版（配圖）和未刪節（配圖）版，先後收入拙著
《黑夜到來之前的中國電影──1937 年現存國產影片文本讀解》和《黑布鞋：
1936～1937 年現存國防電影文本讀解》，敬請參閱。

〔註60〕《春到人間》（故事片，黑白，有聲），（「聯華」）華安影業股份有限公司 1937
年出品；DVD（單碟），時長 90 分 27 秒；編劇、導演：孫瑜；攝影：黃紹
芬；主演：陳燕燕、梅熹、尚冠武、劉繼群、韓蘭根、洪警鈴。我對這部影
片的具體意見，祈參見拙作：《〈春到人間〉：從左翼電影向國防電影的強行轉
化──辨析孫瑜在 1937 年為中國電影所做的歷史貢獻》（載《當代電影》2012
年第 2 期），其完全版和未刪節（配圖）版，先後收入拙著《黑夜到來之前的
中國電影──1937 年現存國產影片文本讀解》和《黑布鞋：1936～1937 年現
存國防電影文本讀解》，敬請參閱。

覺醒意識、社會批判精神與暴力抗爭訴求，啟蒙了廣大民眾尤其是底層民眾的民族、國家觀念，確立了現代化的國家觀照視角。[16]

在 1937 年至 1945 年全面抗戰期間的國統區，國產電影只有一種形態，即由戰前國防電影延伸轉換而來的抗戰電影。八年間，中國電影製片廠（武漢、重慶）、中央電影攝影場（重慶）和西北影業公司（成都）等 3 家官方製片廠，共完成 19 部故事片的生產[17] P419~423。而 1937～1941 年（年底太平洋戰爭爆發前）的香港，有 230 家電影公司，出品了 466 部影片[18] P236，其中，國防電影／抗戰電影就有 61 部[18] P238。

圖片說明：中國大陸市場銷售的《前臺與後臺》（故事片，黑白，有聲；編劇：費穆；導演：周翼華；聯華影業公司 1937 年出品）VCD 碟片包裝之封面（左）、封底照。（圖片攝影：姜菲）

現存的、公眾可以看到的抗戰電影文本只有 6 個：在香港出品的《游擊進行曲》（1938）[註61]、《萬眾一心》（1939）[註62]、《孤島天堂》（1939）

[註61]《游擊進行曲》（故事片，黑白，有聲，國語），香港啟明影業公司 1938 年出品，1941 年 6 月刪剪修改並更名為《正氣歌》後公映；VCD（雙碟），時長 80 分 3 秒；編劇：蔡楚生、司徒慧敏；導演：司徒慧敏；攝影：白英才；主演：李清、金玲、林楚楚、蔣君超、白璐、黃翔。我對這部影片的具體意見，祈參見拙作：《1938 年的抗戰題材電影形態特徵──以當年出品的〈游擊進行曲〉（〈正氣歌〉）為例》（載《當代電影》2017 年第 8 期），未刪節（配圖）版，收入拙著《黑草鞋：1937～1945 年現存抗戰電影文本讀解》（「民國文化與文學研究」文叢十二編第 5、6 冊，臺灣花木蘭文化事業有限公司 2020 年 9 月版），敬請參閱。

[註62]《萬眾一心》（故事片，黑白，有聲，國語），香港新世紀影片公司 1939 年出品；VCD（雙碟），時長：79 分 58 秒；導演：任彭年；助理編導：顧文宗；

〔註63〕，在內地出品的《東亞之光》（1940）〔註64〕、《塞上風雲》（1940）〔註65〕、《日本間諜》（1943）〔註66〕——內地、香港各占一半。

與此同時，上海「孤島」時期（1937～1941），22 家公司共出品影片（故事片）257 部[17]P429~461。1941 年 12 月太平洋戰爭爆發後，「淪陷區」偽「中華聯合製片股份有限公司」（「中聯」）出品大約 50 部（1942.5～1943.4.30）[17]P117；偽「中華電影聯合股份有限公司」（「華影」），出品 80 部（1943.5

攝影：阮曾三；主演：鄔麗珠、王豪、任意之、林實、劉仁傑、顧文宗、王斑、白茵、蔣銳。我對這部影片的具體意見，祈參見拙作：《香港抗戰電影的文化邏輯與歷史貢獻——以〈萬眾一心〉（1930）為例》（配圖 7 幅，載《韓山師範學院學報》2020 年第 5 期），未刪節（全配圖）版，收入拙著《黑草鞋：1937～1945 年現存中國抗戰電影文本讀解》，敬請參閱。

〔註63〕《孤島天堂》（故事片，黑白，有聲，國語），香港大地影業公司 1939 年出品；VCD（雙碟），時長 92 分 51 秒；原作：趙英才；編導：蔡楚生；攝影：吳蔚雲；主演：黎莉莉、李清、藍馬、李景波。我對這部影片的具體意見，祈參見拙作：《抗戰電影的主流形態及港式表達——兼析〈孤島天堂〉（1939）》（載《韓山師範學院學報》2021 年第 4 期），未刪節（配圖）版，收入拙著《黑草鞋：1937～1945 年現存抗戰電影文本讀解》，敬請參閱。

〔註64〕《東亞之光》（故事片，黑白，有聲），中國電影製片廠（重慶）1940 年出品。錄像帶，時長 75 分 15 秒（原片拷貝時長大約 100 分鐘）；編導：何非光；故事：劉犁；攝影：羅及之；主演：江戶洋、高橋三郎、植進、關村吉夫、中村、玉利、高橋信雄、岡村、谷口、何非光、鄭君里、朱嘉蒂、楊薇、鄭挹瑛、虞靜子、戴浩、朱銘仙、江村、張瑞芳、孫堅白（石羽）、王珏、鄒任之、沈起予。我對這部影片的具體意見，祈參見拙作：《〈東亞之光〉（1940）的戰時視角、歷史意義——兼論編導何非光的人生際遇》（載《江南文史縱橫》第二輯，浙江工商大學出版社 2021 年 4 月版），未刪節（配圖）版，收入拙著《黑草鞋：1937～1945 年現存抗戰電影文本讀解》，敬請參閱。

〔註65〕《塞上風雲》（故事片，黑白，有聲），中國電影製片廠（重慶）1940 年出品（1942 年上映）；視頻，時長 90 分 21 秒；編劇：陽翰笙；導演：應雲衛；攝影：王士珍；主演：黎莉莉、舒繡文、周伯勳、陳天國、王斑、周峰、吳茵、韓濤、李農、井淼。我對這部影片的具體意見，祈參見拙作：《抗戰電影：左翼電影與國防電影的形態延續——以〈塞上風雲〉（1940～1942）為例》（載《山西大同大學學報》2019 年第 6 期），未刪節（配圖）版，收入拙著《黑草鞋：1937～1945 年現存抗戰電影文本讀解》，敬請參閱。

〔註66〕《日本間諜》（故事片，黑白，有聲），中國電影製片廠（重慶）1943 年出品；視頻，時長 90 分鐘 33 秒；原著：【意】范斯伯；改編：陽翰笙；導演：袁叢美；攝影：吳蔚雲；主演：羅軍、陶金、王豪、秦怡、劉犁、王斑。我對這部影片的具體意見，祈參見拙作：《1937～1945 年中國電影的形態分布與抗戰電影的政宣功略——兼析〈日本間諜〉（1943）》（載《哈爾濱師範大學學報》2021 年第 4 期），未刪節（配圖）版，收入拙著《黑草鞋：1937～1945 年現存抗戰電影文本讀解》，敬請參閱。

～1945 ）[17] P118。偽「滿洲映畫協會」（「滿映」）出品故事片 108 部（1937～
1945 ）[19]（另一個統計數字是 120 多部[17] P114）。以上數字相加是 526 部，
迄今現存的、公眾可以看到的，大約有 30 部。[註67]

顯然，無論「孤島」還是其他淪陷區，都不可能有抗日主題／題材的國
防電影／抗戰電影存在。但是，檢索這五百多部影片片目，尤其是讀解現存
的、公眾可以看到的影片文本就會發現，不僅 1930 年代初期被新電影逐出主
流、沈寂已久的舊市民電影得以復興，重新登場，而且，戰前的新市民電影、
國粹電影赫然在目，並佔了大多數。

從 1930 年代初期到抗戰結束，歷史就在那裡，電影始終是中國文化的一
個部分。而「就文化而言，每個民族都有自己的核心理念和基本問題。他們
在歷史過程中發展演變，這就成為所謂『傳統』」。[20]

沒有人能夠否認，1930 年代電影是百年來中國電影的高峰，原因就在於
這是一個多元共存的時代，各種勢力、集團和階層都在從不同的角度和層面
用影像表達和呈現自己的文化理念和文藝主張。正因為新電影剛剛從舊電影
脫胎而來不過五六年，所以 1937 年全面抗戰爆發後，新舊電影不僅得以平穩
進入不同的地緣政治領域各逞其能，而且持續生存、壯大、發展了八年之久。
這些影片，尤其是國粹電影，在國難當頭、異族入侵並暫時統治的時期，為
中華文化保留了最純正的血脈基因。八年抗戰時期的中國的電影，不是中國
文化和傳統的體現，又是什麼？

〔註67〕現存的、公眾可以看到的上海「孤島」時期和淪陷區的故事片，約 30 部左
右。計有：1938 年的《雷雨》《胭脂淚》，1939 年的《武則天》《少奶奶的扇
子》《王先生吃飯難》《金銀世界》《白蛇傳》《木蘭從軍》《明末遺恨》，1940
年的《孔夫子》《西廂記》；1941 年的《家》《鐵扇公主》（動畫）《薄命佳人》
《世界兒女》；1942 年的《迎春花》《春》《秋》《長恨天》《博愛》；1943 年的
《秋海棠》《萬世流芳》《萬紫千紅》《新生》《漁家女》；1944 年的《春江遺
恨》《紅樓夢》《結婚進行曲》；1945 年的《混江龍李俊》《摩登女性》。我對這
些影片（譬如《胭脂淚》《武則天》《迎春花》《摩登女性》）的讀解意見尚未
公開發表，敬請關注。

圖片說明：《歸來》（故事片，黑白，無聲，聯華影業公司第三廠1934年出品）廣告（載上海《申報》1934年2月20日，第29版，第21853期）。（圖片採集：劉麗莎）

戊、多餘的話

子、「整理國故」與國粹電影

　　1910年代中期和後期，全面否定傳統文化的新文化運動興起後，新、舊兩派在文學界多有論爭和對立。但新派在1917年提出「文學改良」（胡適）乃至「文學革命」理論（陳獨秀）後的一年，就意識到舊文化並非一無是處，所以很快就有「整理國故」的主張（胡適）。1922年和1925年，以「學衡派」和「甲寅派」為代表的舊派，先後對新文化提出反對意見[15]P10。

　　在與新文化、新文學的對立、論爭和爭取讀者市場的過程中，以舊文化為主要取用資源的舊文學，包括「鴛蝴派」等言情小說和武俠小說在內的通俗文學，實際上也在發展，不無新氣質和新的面貌。

或者說，新文學即中國現代文學生發的初期，「新文學迫使舊派向『俗』定位」[15] P93，實際上也給了舊文學／俗文學一個歷史性的蛻變機會。所以，十幾年後的 1930 年代，就形成「雅、俗互動的文學態勢」[15] P337——也就是雙贏的局面和結果。舊電影即舊市民電影，與作為新電影的國粹電影的關係，也是如此。

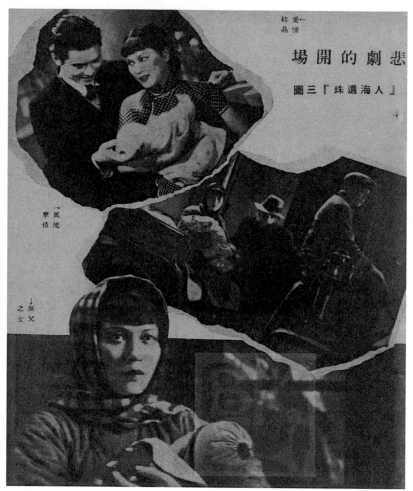

圖片說明：《人海遺珠》（故事片，黑白，有聲，聯華影業公司 1937
年出品）刊登在上海《聯華畫報》（1937 年第 9 卷第 2 期第 15 頁）
上的圖片。（圖片採集：劉麗莎）

五、國粹電影與舊電影和新電影的異同

所有的新電影皆從舊電影脫胎轉化而來，舊電影即舊市民電影，是左翼電影、新市民電影的生發基礎，國粹電影也不例外。

作為新電影，國粹電影與舊市民電影最大的相同之處，就是其主題、題材始終圍繞家庭婚姻及其倫理道德；最大的不同，是它在新時代討論舊問題，試圖找到新視角、新出路，最終建立和強健家國一體的新理念和新體系——這一點與當時執政黨的文化理念重合，所以在 1949 年後從意識形態上被清算——而舊市民電影是在舊傳統視角中看待新問題和新時代，雖不無漸進但終歸是老人老眼光。

國粹電影與左翼電影、新市民電影相同之處，是對新時代的極表歡迎並積極介入現實問題；不同之處在於自己的實踐、立場及其相關理念和觀點，尤其是對待歷史發展和社會變革的處理方法上大異其趣。因此，新與舊的分道揚鑣、新與新的各自前行，就是必然的結果。從這個角度上說，當然是舊市民電影成就了包括國粹電影在內的所有新電影。〔註68〕

初稿時間：2018 年 12 月 11 日
二稿修訂：2019 年 2 月 14 日～9 月 5 日
三稿配圖：2020 年 4 月 3 日～7 月 4 日
四稿校訂：2021 年 1 月 21 日～5 月 8 日

參考文獻

〔1〕紫雨，新的電影之現實諸問題〔N〕，北京：晨報「每日電影」，1932-8-16//陳播，三十年代中國電影評論文選〔M〕，北京：中國電影出版社，1993：586。

〔2〕鄭君里，現代中國電影史略//近代中國藝術發展史〔M〕，上海：良友圖書印刷公司，1936//中國無聲電影（四）〔M〕，北京：中國電影出版社，1996：1385。

〔註68〕這篇《導論》的最初思路和大綱，源自 2018 年 12 月 11 日應邀參加中國藝術研究院主辦的「2018 電影電視評論週電影史論壇」會議的現場發言，題目是《談談歷史上的國粹電影——從張雲雷的〈探清水河〉說起》。除戌、多餘的話外，本文文字的主體部分約 18000 字（其中，正文約 8000 字，注釋及前 14 個參考文獻，合計 10000 字左右），最初曾以《第三種聲音：1930 年代國粹電影的生成背景及其歷史意義》為題（無插圖），先行發表於《學術界》2020 年第 7 期（合肥，月刊，責任編輯：李本紅）。特此申明。

〔3〕程季華,中國電影發展史：第 1 卷〔M〕,北京：中國電影出版社,1963。

〔4〕李少白,中國電影史〔M〕,北京：高等教育出版社,2006：57。

〔5〕陸弘石,舒曉鳴,中國電影史〔M〕,北京：文化藝術出版社,1998：41。

〔6〕丁亞平,影像時代——中國電影簡史〔M〕,北京：中國廣播電視出版社,2008：51。

〔7〕李道新,中國電影文化史〔M〕,北京：北京大學出版社,2005：145。

〔8〕袁慶豐,中國現代文學和早期中國電影的文化關聯——以 1922～1936 年國產電影為例〔J〕,中國現代文學研究叢刊,2010(4)：13～26。

〔9〕袁慶豐,1922～1936 年中國國產電影之流變——以現存的、公眾可以看到的文本作為實證支撐〔J〕,合肥：學術界,2009(5)：245～253。

〔10〕韋彧【夏衍】,魯迅與電影〔J〕,上海：電影‧戲劇,1936：1(2)// 劉思平,邢祖文.選輯.魯迅與電影(資料彙編)〔M〕,北京：中國電影出版社,1981；174～177。

〔11〕范伯群,「電戲」的最初輸入與中國早期影壇——為中國電影百年紀念而作〔J〕,江蘇大學學報,2005(5)；1～7。

〔12〕袁慶豐,新舊電影中女主人公的道德站位——兼析 1934 年的國粹電影《歸來》〔J〕,學術界,2019(3)：133～141。

〔13〕袁慶豐,論舊市民電影《啼笑因緣》的老和《南國之春》的新〔J〕,南京：揚子江評論,2007(2)：80～84。

〔14〕顧曉英,評蔣介石的新生活運動(1934～1949 年)〔J〕,上海大學學報(社會科學版),1994(3)：50～58。

〔15〕錢理群,吳福輝,溫儒敏,中國現代文學三十年(修訂本)〔M〕,北京：北京大學出版社,1998。

〔16〕袁慶豐,紅色經典電影的歷史流變——從左翼電影、國防電影和抗戰電影說起〔J〕,學術界,2020(1)：170～177。

〔17〕程季華,中國電影發展史：第 2 卷〔M〕,北京：中國電影出版社,1963。

〔18〕周承人，李以莊，早期香港電影史：1897～1945〔M〕，上海人民出版
社，2009。

〔19〕胡昶，古泉，滿映——國策電影面面觀〔M〕，北京：中華書局，1990：
序言。

〔20〕徐躍，倒楣的小裁縫與幸運的清華學子〔J〕，北京：讀書，2019（8）；
31～37。

The Third Voice, The Third Position——The Background, Historical Significance and Structural Inheritance of the Nationality Film in the 1930s

Read Guide: In the early 1930s, Chinese films were divided into new and old ones. The Left-wing Chinese Film that advocated Anti Japanese salvation and voiced for the disadvantaged were new ones, which had been discussed by the academic circles for many years. However, if we study the existing films before 1938 that the public can see, we will find that the new films also include the New Citizen Chinese Film that conditionally extracts and borrows the ideological elements of Left-wing Chinese Film to expand market share, as well as the Nationality Film which opposes the radical social revolutionary position of Left-wing Chinese Film and New Citizen Chinese film that focuses on urban cultural consumption. Under the background of the fierce collision between Chinese and Western cultures, the Nationality Film, in its attitude towards traditional culture, has abandoned the conservative principle of Traditional Chinese Film. Instead, it has selected high-quality resources and tried to find the foundation of the integration of family and state in the trend of the new era and established the efforts to strengthen the nation's new life pulse. As the third voice and the third position, the Nationality Film not only immediately entered into the new generation of diversified discourse programming system of Chinese films before the outbreak of the Anti Japanese War, but also became an important part of the system which had profound influence on the current films.

Keywords: Traditional Chinese Film; Left-wing Chinese Film; New Citizen Chinese film; National Defense Film；Anti Japanese War Film； Nationality Film；

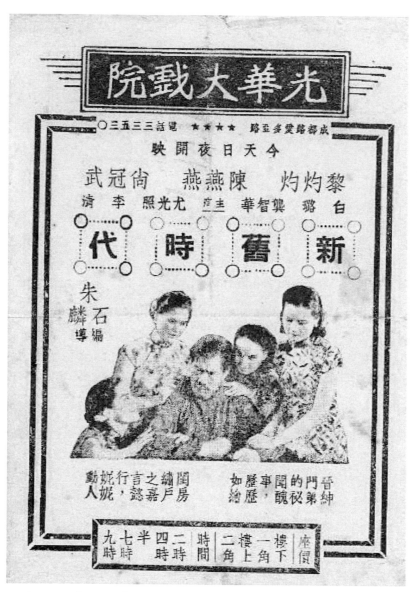

圖片說明：《好女兒》（原名《新舊時代》，故事片，黑白，有聲，聯華影業公司 1937 年出品）的廣告（圖片出處：http://book.kongfz.com/ 26491/568791491/〔登陸時間：2017-11-2〕）。

前　編

《戀愛與義務》(1931 年)——舊市民電影的道德圖解與新電影的生長點

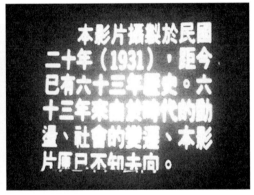

閱讀指要：

  在 1932 年新電影出現之前的中國早期電影，都屬於舊市民電影形態。因此，1931 年出品的無聲片《戀愛與義務》既是舊市民電影晚期的代表，又是即將到來的新電影的雛形。以《戀愛與義務》為例可以看出，一方面，影片的模式化表達範式與倫理的世俗化圖解，合乎舊市民電影的傳統性、倫理性、教化性和保守性等特徵；另一方面，這些特徵又為以後的新的電影形態如左翼電影、新市民電影，尤其是國粹電影的出現奠定了法理、道德和藝術模式的基礎。

關鍵詞：舊市民電影；國粹電影；左翼電影；新市民電影；文化傳統

專業鏈接 1：《戀愛與義務》（根據波蘭女作家華羅琛的同名小說改編，故事
片，黑白，無聲），聯華影業公司 1931 年出品。時長（網絡視頻
版）：151 分 32 秒。〔註 1〕

　　　　 〉〉〉原作：【波蘭】華羅琛夫人；**編劇：朱石麟**；導演：卜萬蒼；
　　　　　　　 攝影：黃紹芬。

　　　　 〉〉〉主演：金焰（飾李祖義）、阮玲玉（飾楊乃凡）、陳燕燕（飾
　　　　　　　 李祖義和楊乃凡的女兒平兒）、黎英（飾楊乃凡前夫
　　　　　　　 黃大任）、劉繼群（飾外號老狐的黃家僕人胡福）、周
　　　　　　　 麗麗（飾黃大任的紅顏知己張瑛）。

專業鏈接 2：原片片頭及劇中人物出場介紹字幕（以原有格式錄入）

聯華影片
　　A UNITED PHOTOPLAY
　　SERVICE PICTURE

　　啟發民智　挽救影業　提倡藝術　宣揚文化

聯華影業公司影片
　　A UNITED PHOTOPLAY

〔註 1〕2010 年我依據的現場翻錄版，時長是 101 分 54 秒；影院放映時在 78 分 79
秒處斷裂；影片結尾處，楊乃凡抱著平兒哭泣的畫面靜止約 27 秒；影片最後
接了一段紀錄片解說阮玲玉的畫面，時長約 39 秒。現今這個時長，是 2021
年 5 月 11 日，學生在網上為我找到的影片完整修復版的時長。另外，本章標
題下的第一、二幅（並列）的插圖，以及正文結尾處（即倒數第五幅）插圖，
均為現場翻錄版截圖。其餘七十幅插圖，均來自完整修復版。

SERVICE PICTURE

戀愛與義務
LOVE AND DUTY

華羅琛夫人原著
ADAPTED FROM
MADAME S.ROSEN HOA'S NOVEL
"LA SYMPHONICDES OMBRES"

監製　　羅明佑
SUPERVISION BY
LO MING YAU

編劇　　中英文字幕
朱石麟　　黃漪磋
SCENARIO by CHU SHEK LIN
TITLES by Y.C.JEFFREY HUANG

導演　卜萬蒼
DIRECTION by
RICHARD POH

製片主任　　攝影
　黎民偉　　黃紹芬
PRODUCTION MANAGER LAY MIN WEI
PHOTOGRAPHY by WONG SIU FAN
美術　　布景
高威廉　　趙扶理
ART DRECTOR WILLIAM KOLLAND
SETTINGS by CHAO FU LI

民新製品

CHINA SUN PRODUCTION

李祖義……青年有志之學生也

　　　　　……金　焰飾

Li Tsu Yi, a young student with a bright future.

　　　　　　　……Raymond King

李祖義之母。

　　　　……俞菊雲飾

His mother.

　　　　……C.y.yu

李家老僕張順。

　　　　　……時覺非飾。

Change Shun—the family's faithful servant.

　　　　　　　……C.F.Sze

楊乃凡之夫黃大任……為一品學兼優之世家子弟

　　　　　　　　　……黎　英　飾

Yang Nei Fan's husband, Huang Ta Jen　—　a young gentleman descended from a good family.

　　　…Lay Ying

黃大任之僕胡福……貌善心險，渾名老狐……

　　　　　……劉繼群飾

Huang's servant Fox　—　a wolf in sheep's skin.

　　　　　　……Liu Chi Chun

張瑛……大任公餘之知己也。

　　　　……周麗麗飾

Chang Ying，　a close friend to Ta Jen　—　after office hours.

　　　　　　……Lily Chow

乃凡歷盡艱苦撫育成年之平兒

　　　　……陳燕燕飾

Ping Erh—grown up in the light of her mother's love.

······Chen Yen Yen

黃子冠雄，及其愛人瑪麗

······黃　克　王意文　飾

Huang Ta Jen's son Koon Sung and his sweetheart Mary.

Wong Keh &

Y.M.Wong

黃女冠英及其情人約翰

······阮玲玉　歐陽伯盧

His daughter Koon Ying and her lover John.

······Lily Yuen & P.L.Euyan

平兒之同學關達華及其兄克勝。

······郭鶯鶯　高威廉　飾

Ping Erh's school-mate Kwan Ta Hua and her brother Kwan Keh Shing.

Kuo Ying Ying & Wm Kolland

專業鏈接 3：影片鏡頭統計

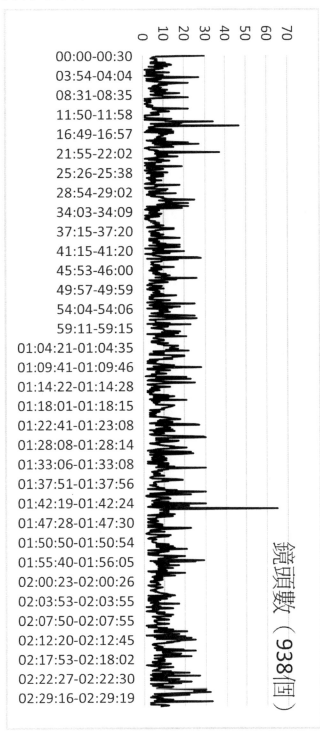

說明：《戀愛與義務》高清修復片時長 151 分 32 秒，共 938 個鏡頭。其中：

甲、小於和等於 5 秒的鏡頭 333 個，大於 5 秒、小於和等於 10 秒的鏡頭 340 個，大於 10 秒、小於和等於 15 秒的鏡頭 161 個，大於 15 秒、小於和等於 20 秒的鏡頭 47 個，大於 20 秒、小於和等於 25 秒的鏡頭 35 個，大於 25 秒、小於和等於 30 秒的鏡頭 19 個，大於 30 秒、小於和等於 35 秒的鏡頭 3 個，大於 35 秒、小於和等於 40 秒的鏡頭 1 個，大於 40 秒的鏡頭 2 個。

乙、字幕鏡頭 159 個，其中交代劇情的鏡頭 47 個，演職員表及頭尾字幕鏡頭 11 個，對話鏡頭 101 個。

丙、固定鏡頭 663 個；運動鏡頭 207 個。

丁、遠景鏡頭 0 個，全景鏡頭 187 個，中景鏡頭 109 個，近景鏡頭 316 個（包括中近景），特寫鏡頭 171 個。

（數據統計與圖表製作：李稾雄、劉曉琳、毛富姣；複核：王宇豪）

專業鏈接 4：影片經典字幕與臺詞（字幕）選輯

世事離奇，人情隱秘，惟此老樹閱盡滄桑……

There may be wonders and mysteries in the world, but these old trees have witnessed all the changes undergone──

離上海繁盛之區不遠，有一小鎮曰江灣……富者會聚休養，不啻世外桃源。

Remote from the busy qaurters of Shanghai lies a small town, Kiangwan, where the rich gather to live a quiet life.

楊乃凡每晨入學，宛如出籠之鳥，頓覺天地皆新。

Like a bird out of the cage, Yang Nei Fan, on her way to school every morning feels more at home out of her home.

……而李祖義則但覺其上學之途，較前為短。

And to Li Tsu Yi, the way seems much shorter than before.

「你近來為什麼常常遲到？」

"Why are you always late these days?"

「因為我……我的鐘停了。」

"Because— er— my clock stopped."

「難道你的鐘天天停的嗎？」

"Does your clock always stop?"

男大當婚，女大當嫁，楊翁所奉之信條也。

In old Yang's mind, marriage is the important thing when a girl comes to the proper age.

「我已允許將你嫁給黃大任，你們的婚期已擇定下月十三日。」

"I have promised to marry you to Huang Ta Jen. Your wedding is to take place on the 13th next month."

「你的未婚夫家裏很有錢，文學又很好……你們的幸福真是未可限量啊！」

"Your fiance is rich and learned. What a bright future is before you!"

「女兒年紀還輕……不願就嫁給人家做媳婦。」

"I am still young yet-I am not willing to marry so soon."

「你枉做她的父親……她的婚事，你就不能做主嗎！」

"And you call yourself her father? You can't even arrange for her marriage!"

「今天天氣多好啊！」

"What a fine weather to-day!"

「也許要颱風哩！」

"A storm is likely to come!"

「你能請到我家裏去坐坐嗎？我丈夫一定很歡迎你。」

"Will you come to my house? My husband will be very glad to meet you."

「我正在著一本書，叫做『少年之勇敢』，李先生可算得是書中的主人翁了。」

"I am writing a book called 'A Young Man's Bravery , you are just the type for my hero."

「我一定常常來拜望黃太太……和黃先生。」

"I shall only be too pleased—"

「我的婚姻完全是家父作主的……我是一點自由也沒有。」

"We were betrothed because my father willed it — I had not even a voice in the matter."

「也是我沒有緣分啊！」

"It is also because I was unlucky!"

「我去年畢業後回到家裏，才曉得你出嫁了……」

"After graduation last year, I went home and learned that you were married— "

於是李祖義與楊乃凡相見之機會，乃日見其多矣。

And so, Li and Yang are destined to meet more often.

「你瞧那一對男女多麼親熱……大概是新婚夫婦吧！」

"What a couple they' re-probably newlyweds!"

情之所至，如洪水泛濫，一發而莫之能禦.

Love, like rushing torrents, is irresistible.

「你既然不愛他，為什麼不和他離婚？」

"Since you do not love him, why not get a divorce?"

「但他對於為夫的義務總算盡了……這一來離婚是沒有根據的。並且，我愛我的孩子啊！」

"But he is quite dutiful as a husband—and under such circumstance a divorce is not allowed! Besides, I love my children!"

「不自由，毋寧死！這樣子一輩子，你受得了嗎？還是快下決心吧！」

"We can't go on like this forever! I love you! You're got to choose for Yourself!"

「但是……」

" But—"

「你允不允我的要求，準今晚九點以前答覆我。你若不允，我就把性命犧牲了！」

"Let me have your answer to-night before nine. Should you decline, I would sacrifice my life!"

「你這樣心急要回去……難道怕老婆逃走嗎？」

"Why are you so anxious to go home? Are you afraid that your wife might elope with someone?"

大任：我是世界上最惡的人，我也不配再來求你原諒了，但是我——我們的孩子，望你好好的照顧他們，愛護他們，我有罪，他們無罪。乃凡。

My Dear Ta Jen, I am the greatest sinner in the world, and have no right to ask for your pardon. But our children—they are innocent, and you should love them and take care of them as before. Nei Fan.

「爸爸，你為什麼哭？你再哭，我們叫媽媽來打你！」

"Why are you crying, Papa? Stop crying or we'll ask Mama to spank you."

「你們的媽媽死了……」

"Your Mama is dead—"

富家婦背夫潛逃

棄其子女另覓自由

李祖義有拐騙嫌疑

本埠辣斐德路住戶黃大任家道殷實在文藝屆頗有聲名其妻楊氏美而賢淑平日夫婦尚是和睦

Richman's Wife Elopes

DISCARDS CHILDREN FOR LIBERTY

Li Tso Yi SUSPECTED

The wife of a local wealthy resident at Rue Lafayette, Mr. T. J. Huang, a well known scholar & writer, has eloped with her.

「我的事為什麼要人家來多管？」

"It is my own business. Why should others interfere with it?"

職業易失，品性難移。

「恕過我吧……乃凡！我害了你了！」

"Forgive me—Nei Fan! I have made your life miserable!"

「祖義……祖義！你死了，我的前途怎麼打算呢！」

"Tsu Yi—Tsu Yi! How am I to face the future—alone"

「你這不要臉的賤人！你怎麼還有面目回來？」

"You shameless woman! How dare you come back to me?"

「大任，那是我一時之錯……你能饒恕我，收留我嗎？」

"Ta Jen, I have made a big mistake—will you forgive me and take me back?"

「我和你完了……快給我滾出去！」

"I am through with you — get out!"

「你這敗壞門風的賤貨！還回家來幹什麼？」

"You unchaste creature! What do you come back for?"

「爸爸！難道你也不能原諒你的可憐的女兒嗎？」

"Papa! Can't you forgive your own poor daughter?"

「你幹了這種玷辱家門的醜事……還敢認做我的女兒嗎！……快滾……快滾！」

"You have done such a disgrace to the family—how dare you call yourself my daughter! Go! —get out! —"

「嫁了丈夫，還要跟別的男人逃走……本領真不小啊！」

"Elope after marriage—what a scandal!"

「小寶貝，媽總是守著你，做苦工也要來養大你……至死不休！」

"Poor bady, your Ma will work for you and bring you up no matter how she will have to suffer—until death!"

「祖義，你在天堂瞑目吧！平兒我無論如何也要把她養育成人的！」

"Tsu Yi! Tsu Yi! Give me courage! I will do my best to bring up Ping Erh."

於是乃凡茹苦含辛，凡十五年……

And so, Yang Nei Fan kept her words.and struggled with fate for fifteen years—

……年年壓線，為他人作嫁衣裳

——For years past，she had been working hardly as a seamstress.

可憐為母者，竟無權分得其兒女之光榮。

A mother ── who has no right to share the glory of her children.

「那位滿面春風的老頭兒大概就是他們的父親了……但是，為什麼不見他們的母親呢？」

"That happy old man is probably their father—but I wonder where their mother is?"

舐犢之情，足以抵抗一切痛苦。

The love for her children makes a mother forget all her pains.

年華如逝水……老狐雖以招搖不容於黃家，然仍未改其舊業也。

Years passed—without changing Fox's old profession.

「你相信『一見傾心』這句話嗎？」

"Do you believe in the saying, 'love at a first sight' ?"

「她自認作李氏，是個寡婦，但我們曉得她本來是姓黃的太太哩！……」

"She calls herself Mrs.Li, a widow.But we understand her to be really the wife of a fellow named Huang who still lives! —"

「天啊！保祐我的孩子快樂吧……不要因我的罪孽，令她發生障礙啊！」

"God! Bless my child ── don't let her suffer on account of my sin!"

「祖義！我已經把平兒領大成人了，為她的前途幸福起見，我是非死不可的！」

"Tsu Yi! I have brought up Ping Erh now.For the sake of her future happiness, it is necessary for me to die!"

「祖義，你等住我吧……我就來了！」

"Tsu Yi—I am coming!"

「這是你們的妹妹，你們須得愛她，猶如愛你們母親一般。」

"This is your own sister. Love her as you would love your mother."

專業鏈接 5：現今影片觀賞指數：★★☆☆☆

專業鏈接 6：影片學術價值指數：★★★★★

甲、前面的話

　　2010 年年底，北京中國電影資料館聯手市中心的一家商業影院，舉辦了「阮玲玉電影回顧展」，公映了八部阮氏主演的影片，其中包括「首次在大陸放映的《戀愛與義務》」。[1] 根據公映影片的片頭導語，拷貝來自臺灣「國立中央圖書館」館藏、臺灣「國家電影資料館」複製保存的膠片，並特別說明原膠片是民國八十三年（1994 年）元月在烏拉圭發見云云〔註2〕。

　　據說，《戀愛與義務》出品當年（1931 年）即由法國人購得拷貝，成為中國第一部出口歐洲的「巨片」[2]P4。

　　影片根據「原籍波蘭、就學巴黎、後定居中國的羅琛女士的一部描寫中國家庭、社會病態的同名小說」改編而來，「由於羅女士久居他國，『伊以另一眼光，批評吾國社會，……有為吾國人所不能見到者』，因而其描寫『反較吾人為公允透徹』。羅明佑、黎民偉對此小說十分欣賞，便囑朱石麟任編劇，卜萬蒼為導演，將其搬上銀幕」[3]。

〔註 2〕網上也有人說，1973 年國民黨元老李石曾在烏拉圭過世後，遺物留贈臺灣，其中包括這部影片，遂將影片「贈給臺灣國家電影資料館成為鎮館之寶」，語出是水水：日本 av 制服控蘿莉控鼻祖：〔EB／OL〕http://movie.douban.com/review/4540455/（2010-12-21 16：06：19）。而根據《一代名導卜萬蒼》（王捷梅搜集整理，中國電影出版社 2005 年 6 月版）的說法（「此片亦為『臺灣電影資料館』現藏最早的一部 30 年代的經典默片」，第 4 頁）和此書的出版時間（2005年）判斷，業內人士或許早已看過此拷貝的複製版。

「影片上映後，反響十分熱烈，一時觀者如潮、好評如潮，阮玲玉『一人飾演母女二人』更是成為影片的賣點和看點，卜萬蒼進聯華的第一部作品也因之一炮而紅」。[2] P84

對影片的定性，本片編劇朱石麟的兩點聲明值得注意：

首先，《戀愛與義務》講的是「欲望和理智的衝突」：「凡浸在『戀愛』裏的人們，他們的『義務』常常是扔在腦後的。他們的『理智』是常常會被『欲望』───一種不可思議的力量──殺得片甲不留的。他們不由自主地會走上了歧路，雖然他們的殘餘的理智還能辨別他是錯了」；其次，影片「對於舊式虛偽的禮教，有暗示的反對；於新式的浪漫生活，有明顯的抨擊……它決不是僅僅一部嬉笑怒罵的好小說，實在是一篇經世濟略的大文章」[4]。

而當時的研究者，其實已經領悟了影片的實質，認為《戀愛與義務》「充滿了新的氣象，所以能夠博得社會的同情而成為國片復興的先聲」[5]。

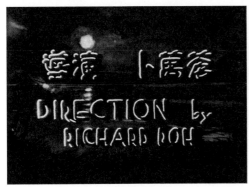 

1949 年後，大陸學術界對中國早期電影研究的態度和角度，無論總體還是個體，無不嚴格遵循官方意識形態的規劃。譬如對《戀愛與義務》的如下評價：

「這部影片，表面上似乎是在分析所謂『戀愛』與『義務』之間的矛盾，實際上卻是通過楊乃凡的不幸遭遇，宣傳了賢妻良母的封建道德的絕對權威與不可動搖；它雖然也一方面批評了封建婚姻制度和舊禮教的罪惡，激起了觀眾對主人公的同情，但另一方面，楊乃凡在反抗了封建婚姻之後，到頭來，仍然不能不求黃大任照顧平兒，這無異於是對觀眾宣布，反抗、奮鬥都是沒有前途的」[6]。

1990 年代以後，大陸對中國電影史的研究開始復歸本位。譬如把《戀愛與義務》與《野草閒花》《桃花泣血記》等影片並列，看作是「體現『國片復

興運動」創作成就的代表性作品」[7]。具體到影片本身，一方面，認為這是「朱石麟尋求身份認同和精神歸宿的最佳載體。在對西方思潮的適度接納和中國文化的深情回望中，朱石麟建立起一種不無理想主義色彩的國族認同，而這正是朱石麟國族想像的獨特方式」[8]P87。另一方面，又指出影片是「頗具人文氣息的愛情悲劇」[9]。

在我看來，作為「國片復興運動」的代表作品，《戀愛與義務》顯然屬於在 1932 年新電影出現之前的舊市民電影序列；但更重要的是，影片的主題思想體現，與「聯華」公司兩大掌門人羅明佑、黎民偉一貫的思想和藝術主張有著明確的文化邏輯關係。因此，作為舊市民電影，《戀愛與義務》又是後來新電影之一的國粹電影的生長點。

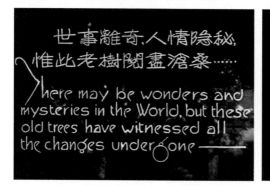

乙、新瓶舊酒：模式化的表達範式與倫理的世俗化圖解

從 1905 年所謂中國電影誕生，到 1932 年以左翼電影為代表的新電影的出現，這個時期所出現的國產影片（包括 1920 年代末興起的武俠電影），基本上都屬於舊市民電影形態。[註3]舊市民電影的特徵之一，就是主題和題材的模式化。即一般來說，主題不出對傳統文化的當下闡釋和道德倫理的教化，題材一般著眼於戀愛、婚姻和家庭。就此而言，《戀愛與義務》是一個中規中矩的代表之作。

〔註 3〕這一論點的歸納表述，祈參見拙作：《1922～1936 年中國國產電影之流變——以現存的、公眾可以看到的文本作為實證支撐》（載《學術界》2009 年第 5 期）。實際上，我對舊市民電影、左翼電影—國防電影（運動），以及新市民電影和國粹電影的概念及其實證的討論意見，貫穿於 1922～1937 年間每部現存影片的討論之中。祈參見拙著《黑白膠片的文化時態——1922～1936 年中國早期電影現存文本讀解》，以及《黑夜到來之前的中國電影——1937 年現存國產影片文本讀解》兩書的具體論證。

子、模式化的主題及其對新青年的抨擊

婚姻戀愛是舊市民電影最熱衷的和最拿手的題材，影片用了很長的篇幅，來表現金焰扮演的李祖義和阮玲玉扮演的楊乃凡兩人之間的熱烈傾慕和追求。如果電影要這麼拍下去的話，很有可能就是新電影中左翼電影的路數了，譬如男女主人公先後投入到抗日救國或者革命事業中去；但如果兩個人就此成就一段美好姻緣，也就不是「國片復興運動」的代表，而僅僅是一般意義上的舊市民電影的談婚論嫁之作了。

影片的波折在於，兩個一見鍾情、傾心相愛的男女，各自的生活發生了轉變。女的秉承父母之命與富家子弟黃大任成婚，男的卻並不知情。兩人分離五年後再次相見，女的雖然已是兩個孩子的母親，但依然拋棄家庭和兒女，與舊日情人舊情重燃、私奔同居，並再次做了母親。

如果片子再這麼講下去，譬如給出一個美好結局的話，那就體現不出舊市民電影內在的道德約束力量。所以李祖義很快去世，丟下楊乃凡靠做裁縫獨自撫養女兒平兒。十五年之後，她的醜聞影響到平兒的前程。羞愧之下，楊氏寫信請求前夫黃大任撫養平兒，然後投河自殺。黃大任忍辱負重不計前嫌，收養了平兒並視同己出。

　　這種情節安排堪稱曲折，但是從整體來說，《戀愛與義務》的主題模式並沒有變化。換言之，兩個男人和一個女人以及由這三個人所引發的兩個家庭和下一代子女的命運轉折，始終圍繞著一個道德化的主題展開。在人物刻畫上也是模式化的，譬如楊乃凡和李祖義，兩個人的一見鍾情和如膠似漆，是舊市民電影中常見的情感表現方式；楊乃凡與黃大任婚後那種呆板的、毫無生氣的家庭生活，也符合舊式婚姻的慣常模式：女人並不愛這個男人，而男人在外另有新歡，這是導致女方與舊情人舊情重燃和私奔的根本原因。

　　影片演到這裡，人物的性格上均無新意，創新點在後面。

　　楊乃凡進入老年後，這個人物貫常的模式有所改變，開始對自己的行為表示懺悔。一般來說，舊市民電影的人物性格大多是單一的，發生變化大多來自外力。譬如，1928 年的《情海重吻》中的女主人公，之所以要投海自殺，是因為婚外情人拋棄了她。而《戀愛與義務》，是來自內部的道德力量促使人物發生轉變，這就使得它與先前的、甚至同時期的影片有所不同。

　　《戀愛與義務》批評了只有婚姻、沒有愛情的家庭模式和夫妻關係，同時，又對這種現象和發生的根由做出了反省和批判。譬如，楊乃凡的紅杏出牆乃至於私奔，作為丈夫的黃大任不是一點責任都沒有，即他的婚外情發生在前，是他先構成了婚姻上不道德的事實。

　　其次，影片對於以李祖義和楊乃凡為代表的新青年，也就是對於新式人物的行為意識也不無抨擊、否定之處。影片的前半部貌似肯定他們熾熱的愛情，其實是展示了他們的愛情是為情慾所推動、沒有責任的行為。因此，影片後半部便安排李祖義在做了父親以後因為勞累過度，貧病而亡。這當然是出於道德倫理的考量，而這種考量，出自舊市民電影一貫的主題思想要求。

　　換言之，舊市民電影從文化歸屬上說，屬於相對於新文學與新文化的舊文化與舊文學〔註4〕，因此，對新青年的新舉措多有批判和抨擊。1931 年的《戀愛與義務》，不過是將男女主人公的所謂愛情，放置在傳統的倫理道德的模式中加以檢驗的結果而已——片名即已昭示了這一點。

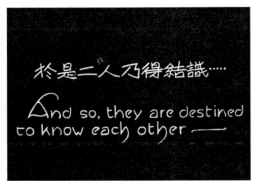

丑、模式化的倫理表達以及女性的道德低位歸屬

　　由於舊市民電影始終在家庭、戀愛和婚姻題材中強調其倫理化和傳統性的主題思想，因此，一般都會有一個毀壞綱常的承擔者，或者說有一個具體的批判矛頭所指。這種被批判的對象，就現存的、公眾可以看到的影片而言，男性一般是由接受著或接受過新式教育的新青年即大學生承當，女性則不計較她的受教育程度。換句話說，女性會更多地成為影片批判和否定的對象，至少要拿她們來說事兒。

　　譬如，是女人的虛榮心害了自己害了別人又害了家庭（《一串珍珠》，1925），已婚女子不守婦道與在校大學生婚外戀（《情海重吻》，1928），後媽不僅虐待丈夫孩子，還養了個殺人越貨的小白臉兒（《怕老婆》，又名《兒子英雄》，1929），太漂亮的女人害得壞人也動心（《雪中孤雛》，1929）。這種情形到了 1931 年也未見根本性的改變：墜入愛河的女子愛上了一個有婦之夫，可惜了一對《銀漢雙星》（1931），青年男女不聽父母之命結果鬧出了人命，

〔註4〕這一論點的歸納表述，祈參見拙作：《1922～1936 年中國國產電影之流變——以現存的、公眾可以看到的文本作為實證支撐》（載《學術界》2009 年第 5 期）。實際上，我對舊市民電影、左翼電影—國防電影（運動），以及新市民電影和國粹電影的概念及其實證的討論意見，貫穿於 1922～1937 年間每部現存影片的討論之中。祈參見拙著《黑白膠片的文化時態——1922～1936 年中國早期電影現存文本讀解》，以及《黑夜到來之前的中國電影——1937 年現存國產影片文本讀解》兩書的具體論證。

演繹了一齣《桃花泣血記》（1931）。〔註5〕

由此可見，舊市民電影常常將女性置於一個道德低位，《戀愛與義務》不過是一個新證據。如果說楊乃凡婚前與李祖義的感情還可以劃歸愛情的話，那麼做了黃太太后與前情人舊火重燒，就屬於對家庭倫理的道德破壞。事實上，楊乃凡被塑造成了一個典型的壞女人形象，結果不僅要接受道德的審判和良心的譴責，還讓她為所謂的愛情付出了名譽和生命的雙重代價。

與之形成對照的是，丈夫黃大任發現妻子與人私奔之後，不僅及時反省自身的錯誤、勇於擔當職責，而且並沒有續娶新人；不僅撫養一雙兒女長大成才，而且還收養了前妻與他人生養的女兒。這種男人，真是融丈夫與慈父於一體、合有情和有義在一身。這種對比鮮明的道德倫理裁判，顯然傾向於男方。

犯了錯誤的男人只要改正，不僅能改得很好，而且依然能得到人們的稱頌和肯定。相反，女人犯了錯誤以後不僅要接受到懲罰，而且至死也不能夠得到別人的原諒。對此，楊乃凡就悲憤發問，說犯了錯誤就不給我一個改過的機會嗎？當然不給。所以先是讓李祖義失去工作、貧病而死，然後連累到女兒的前程，最後不得已投河自盡。這彰顯了傳統倫理道德對女性最為猛烈兇猛的一面，但凡觸犯倫理綱常，只有一死可以解脫：《情海重吻》的女主人公也曾經準備跳海，只不過由於男主人公的及時原諒才免於一死。在這一點上，同一年出品《桃花泣血記》和《戀愛與義務》是一致的態度和手法。

〔註5〕我對《一串珍珠》《情海重吻》《怕老婆》(《兒子英雄》)《雪中孤雛》《銀漢雙星》《桃花泣血記》等五部影片的具體討論意見，其完全版和未刪節（配圖）版，祈分別參見拙著《黑白膠片的文化時態──1922～1936 年中國早期電影現存文本讀解》和《黑棉襖：民國文化中的舊市民電影──1922～1931 年現存中國電影文本讀解》。

　　對舊市民電影主題的模式化和倫理化，以往的研究者多從新文化和新文學的角度給予批評和否定。幾十年來的歷史發展證明，這種認識顯得比較簡單和粗暴。譬如就婚姻和家庭有關的戀愛問題而言，正如片名所揭示的，還有一個「義務」問題，也就是編劇朱石麟強調的「欲望和理智的衝突」問題。這個問題還原一下，其實就是個人的追求與傳統道德、社會責任、家庭倫理、婚姻義務的衝突。

　　事實上，《戀愛與義務》表達的是愛情應該服從傳統、顧及社會、維護家庭、恪盡職守；具體地說，就是母愛、親情、義務高於兩性間的情愛，家庭倫理重於包括個人權利的追求。影片「卒章顯其志」，當楊乃凡終於醒悟到傳統倫理的神聖、慨然赴死之後，不僅前夫黃大任接納了她和情人的女兒，而且還讓三個孩子一同跪倒在她的遺像前——骨肉親情最終回歸於傳統文化中的家庭倫理範疇。

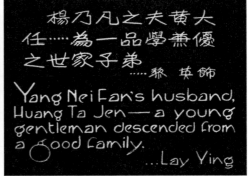

寅、舊市民電影中人物的命名特徵及其道德教化意味

　　由於舊市民電影主題思想的一貫性和題材選擇的側重性，結果既導致了藝術表達上的模式化，也形成了兩者間的對應關係，這在人物姓名的取用和命名邏輯上也有體現。

　　中國早期電影中人物的姓名有兩個很有意思的特點。第一個特點是，人物要麼跟著演員的姓，要麼是從演員的姓名生發、延伸而來。譬如，《勞工之愛情》（1922）中，鄭鷓鴣和鄭正秋分別飾演的人物就是鄭木匠和鄭大夫；《情海重吻》（1928）中，男一號和男二號飾演的人物都跟了演員本人的姓；《雪中孤雛》（1929）裏，韓蘭根扮演的人物叫韋蘭耕。

　　直到 1931 年，這種情形才有所改變。譬如《桃花泣血記》裏，除了阮玲玉飾演的叫琳姑，金焰飾演的叫金德恩外，其餘人物的姓名都各自獨立；《銀

漢雙星》裏，只有高占非飾演的人物跟了自己的姓，此外其他男女主演的姓名，都與所飾演的人物姓名失去了聯繫。到了《一翦梅》，所有男女主演無論有名與否，一律另起新名字。這一點，可以視為電影開始全面走向現代化的一個標誌。

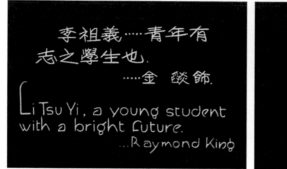

早期電影中人物姓名取用邏輯上的第二個特點，是具有明顯的道德指向或曰教化意味，即人物的姓名包含著編導的道德寓意。

譬如《一串珍珠》（1925），男一號雷夏電扮演的人物之所以叫王玉生，是想說明其本質清白；王太太叫秀珍，雖然糊塗一時，但骨子裏還是秉承著傳統美德的。秀珍的閨蜜叫美仙，美仙的男友叫馬如龍，這兩位的虛榮心和糊塗性就比前兩位大一些；至於又偷項鍊又敲詐的張懷仁，是「張壞人」的諧音。《情海重吻》（1928）當中勾引良家少婦的大學生叫陳夢天，姓是從演員那裡來的，名則是暗喻新青年不求上進醉生夢死。《一翦梅》（1931）中，高占非扮演的反面人物被命名為刁利敖，無論是姓還是名，這三個字在漢語中都不無貶義。

為人物姓名賦予道德寓意甚至價值判斷，以《戀愛與義務》最為明顯。楊乃凡的前夫雖然曾經在婚後沒有盡到關愛家庭之責，但當妻子與人私奔以後能夠幡然覺悟，不僅沒有再娶，而且還成為一個將兒女培養成才的好父親；更重要的，此公十幾年來一直為《國強報》寫稿，致力於提倡開啟民智，同時身體力行，投身慈善事業，扶弱濟貧。所以，黎英扮演的這個人物被命名為「黃大任」──天降大任於我黃種華人之謂也──姓名政治學的內涵昭然若揭。

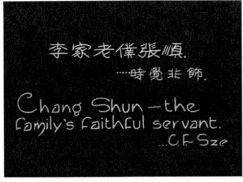

　　再看阮玲玉扮演的女主人公，之所以起名為楊乃凡，無非是說，此乃楊家一平凡女子耳。金焰飾演楊乃凡的第二任丈夫，姓李，名祖義。李者，離也；祖義者，祖宗之道義也。果真如此，為何不乾脆叫「土祖義」？暗喻其忘記祖宗道義？我認為，李祖義這個名字的命名思路，實則出於兩點考慮。其一，他並沒有忘記而是違背了「祖義」，所以才與楊氏私奔，理不直氣不壯。其二，「祖義」者，「主義」之諧音，諷刺和否定當時泛濫的各式新思潮、新主張，譬如青年學生所信奉和踐行的各種「主義」，包括社會主義、共產主義等。

　　至於李、楊所生的女兒「平兒」的命名，褒貶之意全在其中。但凡讀書人，都會想到《金瓶梅》有這麼一個同名人物。因為這個女兒不是頭婚所生，實際上暗含庶出之義。在道學家看來，簡直就是非婚生子女。與此形成對照的，是黃、楊二人生育的那對兒女：男的叫冠雄，女的叫冠英，正面意義一目了然。不敢說就是冠絕全球的中華英雄，正統血脈是確定無疑的。

丙、老樹新枝：晚期舊市民電影的內在變化和新電影的增長點

　　1930 年代初期是中國新舊電影此消彼長的交接時期，這個時間段，對作為舊電影唯一代表的舊市民電影來說正處於晚期，而一切新電影，又都正處於萌生狀態。需要說明的是，世上的事情，所謂新舊，其實不過是先來後到

的意思，並無落後或先進之褒貶，中國早期電影的發展歷史即是如此。由《戀愛與義務》可以看到，1931 年的舊市民電影，既可以從中看到新電影的萌芽，又可以看到新電影生長的基礎。

子、新電影中人物姓名的取用類型和特殊現象

新電影中最早出現的是左翼電影，出現於 1932 年，一年後新市民電影出現。〔註6〕就現存的、公眾可以看到的影片而言，一部分左翼電影在人物姓名的取用上，承繼了舊市民電影晚期形成的主流模式，即演員和所扮演的人物姓名沒有關聯的現代電影特徵。這些影片有六部，即《野玫瑰》（1932）、《火山情血》（1932）、《春蠶》（1933）、《天明》（1933）、《新女性》（1934）。

以下是這些左翼電影的演員表（以影片出品的時間為序）：

《野玫瑰》演員表：

江波──金焰，小鳳──王人美，素秋──葉娟娟，小李──鄭君里，老槍──韓蘭根，老憨──劉繼群，小鳳父──章志直，江父──嚴工上。

《火山情血》演員表：

柳花──黎莉莉，宋珂──鄭君里，宋妹──談瑛，張寡婦──湯天繡，老王──劉繼群，曹人傑──袁叢美，宋弟──錢鏜，宋翁──時覺非，拳術家──高威廉。

〔註 6〕這一論點的歸納表述，祈參見拙作：《1922～1936 年中國國產電影之流變──以現存的、公眾可以看到的文本作為實證支撐》（載《學術界》2009 年第 5 期）。實際上，我對舊市民電影、左翼電影──國防電影（運動），以及新市民電影和國粹電影的概念及其實證的討論意見，貫穿於 1922～1937 年間每部現存影片的討論之中。祈參見拙著《黑白膠片的文化時態──1922～1936 年中國早期電影現存文本讀解》，以及《黑夜到來之前的中國電影──1937 年現存國產影片文本讀解》兩書的具體論證。

《春蠶》演員表（以出場先後為序）：

老通寶——蕭英，小寶——張敏玉，阿四——龔稼農，四大娘——嚴月嫻，多多頭——鄭小秋，六寶——高倩蘋，荷花——艾霞，李根生——王徵信，紳士——嚴工上，小姐——顧梅君。

《天明》演員表：

菱菱——黎莉莉，張表哥——高占非，堂姐——葉娟娟，紗廠少主——袁叢美，少年軍官——羅朋，胖姐夫——劉繼群，瘦猴——韓蘭根，防守司令——王扶林。

《新女性》演員表（以出場先後為序）：

韋明——阮玲玉，王太太——王默秋，余海濤——鄭君里，李阿英——殷虛，鄰嫗——方憐影，嫗女——周倩雲，王博士——王乃東，出版家——裘逸葦，「樂育」校長——吳茵，齊為德——顧夢鶴，舞場經理——洪警鈴，韋明姊——湯天繡，韋小鴻——陳素娟，韋明夫——龍凌，戴鴨舌帽者——費柏青，醫生（甲）——劉瓊，醫生（乙）——尚冠武，舞女——貂斑華，徐太太——黃筠貞，女看護——卓梅。

另一部分左翼電影，則沿用了舊市民電影的另一個傳統，即影片中的人物跟著演員的姓（名）命名。

最有代表性的是《大路》（1934）。試看它的《演員表》：

金哥——金焰，丁香——陳燕燕，茉莉——黎莉莉，張羽——張翼，鄭君——鄭君里，羅明——羅朋，韓小六子——韓蘭根，章大——章志直，胡天——尚冠武，劉長——劉瓊，」老頭——劉繼群，洪金——洪警鈴。

　　整個影片，只有三個人物的姓名沒有跟著演員的名姓走，這是因為，左翼電影的重點在理念傳達，情節等藝術要素僅僅只是載體。

　　在此情形下，一些人物的姓名就相對不重要。譬如孫瑜編導的《小玩意》（1933），大致也是這個路數：

> 葉大嫂──阮玲玉，珠兒──黎莉莉，袁璞──袁叢美，阿勇──羅朋，富孀──湯天繡，老葉──劉繼群，螳螂幹──韓蘭根，老趙──趙山。

　　田漢編劇、卜萬蒼導演的《母性之光》（1933）也留有此類印記：

> 家瑚──金焰，慧英──黎灼灼，小梅──陳燕燕，寄梅──魯史，黃曉山──李君磐，黃書麟──何非光，陳碧莉──談瑛，劉大魁──劉繼群，韓君侯──韓蘭根，殷偉哉──殷秀岑。

　　再看孫瑜編導的《體育皇后》（1934）：

> 林瓔──黎莉莉，雲鵬──張翼，雲雁──殷虛，蕭秋華──白璐，艾崢──王默秋，高大少──高威廉，胡少元──何非光，林父──尚冠武，伯父──劉繼群，校長──李君磐，小毛──韓蘭根，大蟲──殷秀岑。

　　吳永剛編導的《神女》（1934）更乾脆，阮玲玉飾演的女主人公就叫阮嫂。《孤城烈女》（《泣殘紅》，1936）的女主人公陳依依的姓名，顯然也與女主演陳燕燕的名字大有淵源〔註7〕。

────────────────

〔註7〕《孤城烈女》（編劇：朱石麟，導演：王次龍）雖然出現於1936年，但我還是將其歸入左翼電影序列。我對這部影片的具體討論意見，祈參見拙作：《〈孤城烈女〉：左翼電影在1936年的餘波回轉和傳遞》（載《青海師範大學學報》2008年第6期，西寧，雙月刊）。這篇文章的完全版和未刪節（配圖）版，先後收入拙著《黑白膠片的文化時態──1922～1936年中國早期電影現存文本讀解》和《黑馬甲：民國時代的左翼電影──1932～1937年現存中國電影文本讀解》，敬請參閱。此外，如果嚴格按照時間順序，將其劃入國防電影也未嘗不可──因為國防電影是左翼電影的升級換代版本。

　　就現存的、公眾可以看到的影片而言，新市民電影除了《女兒經》（1934）的大部分演員，以及《都市風光》（1935）的女主演的姓名與影片中飾演的人物有直接聯繫外，其餘如《脂粉市場》（1933）、《姊妹花》（1933）、《漁光曲》（1934）、《船家女》（1935）、《新舊上海》（1936）等，均使用了男女主演的姓名與所飾演的人物毫無關聯的現代模式。

　　這是因為，新市民電影的特徵之一，就是有條件地抽取和借用左翼電影的思想元素。因此，新市民電影中如果有演員和影片中人物姓名存在著邏輯關聯的現象，這與其說是來自左翼電影，倒不如說是來自二者共同的藝術遺產饋贈者——舊市民電影。

　　以下是這些新市民電影的演員表（以影片出品的時間為序），**請注意比例極少的黑體字部分**：

《脂粉市場》演員表：

　　　　李翠芬——胡蝶，錢國華——龔稼農，姚雪芳——嚴月閒，林監督——王獻齋，張有濟——孫敏，楊小姐——胡萍，王瑞蘭——艾霞，李銘義——王夢石，李母——高逸安，李妻——王以吳，二房東——柳金玉。

《姊妹花》演員表：

　　　　大寶、趙劍英（二寶）——胡蝶，趙大媽（大寶母）——宣景琳，桃哥——鄭小秋，趙大（大寶父）——譚志遠，錢小姐——顧梅君，香兒——顧蘭君，錢督辦——徐萃園，林老老——謝雲卿，芳兒——袁紹梅，李大哥——趙丹。

《漁光曲》演員表（以人物出場先後為序）：

　　　　徐妻——湯天繡，徐福——王桂林，徐母——傅憶秋，鄰婦——

陳太太，何二齋──尚冠武，二爺──洪警鈴，何妻──王默秋，徐小貓（幼年）──嚴曉圖，徐小猴（幼年）──施仁傑，何子英（幼年）──錢鍠，徐小貓──王人美，徐小猴──韓蘭根，何子英──羅朋，梁月舟──袁叢美，鄰老──朱耀庭，洋顧問──邢少梅，薛綺雲──談瑛，舅舅──裴逸葦。〔註8〕

《女兒經》演員表（以出場先後為序）：

胡蝶──胡瑛，高占非──高國傑，嚴月閒──嚴素，宣景琳──宣淋，朱秋痕──朱雯，嚴工上──校長，夏佩珍──夏雲，王獻齋──王惠燾，傅境秋──惠燾之母，王慧娟──宣淋弟婦，柳金玉──宣淋之嫂，龔稼農──龔少銘，舒繡雯──舞女，畢虎──嚴素之弟，黃耐霜──交際花，顧蘭君──女書記，高倩萍──高華，徐莘園──高華之父，朱秋白──婢女，沈金芳──高華之母，高步霄──百貨店店員，梅熹──百貨店店員，董湘萍──百貨店店員，洪鏞──百貨店店員，劉托天──顧客，葉良德──顧客，孫敬──顧客，王夢石──百貨店經理，袁紹梅──朱雯女友，張敏玉──朱雯之妹，沈駿──朱雯之弟，王吉亭──富少年，徐來──徐莉，徐琴芳──徐玲，蕭英──蕭文翰，張瑞芬──女僕，趙丹──趙希英，陳娟娟──夏雲之女，譚志遠──鄰人，朱孤雁──播音主任，王徵信──徐莉男友，胡笳──女婢，李清──徐莉男友，鍾懿──侍衛，吳萬祥──流氓，馮志成──流氓，唐巢文──捕頭，陳毅亭──巡捕，張泊痕──徐莉男友，鄭小秋──鄭忠俠，袁曼麗──女僕，尤光照──衛隊長，朱少泉──副衛隊長。

《都市風光》演員表：

張小雲──張新珠，小雲父──周伯勳，小雲母──吳茵，小婢

〔註 8〕以前我將《漁光曲》置於左翼電影序列（見拙著《黑白膠片的文化時態──1922～1936 年中國早期電影現存文本讀解》），現已改正，將其歸位於新市民電影序列（更正後的未刪節配圖版，收入拙著《黑皮鞋：抗戰爆發前的新市民電影──1933～1937 年現存中國電影文本讀解》）。對這部影片的最新意見，祈參見拙作：《新市民電影：超階級的人性觀照和新電影視聽模式的構建──配音片〈漁光曲〉（1934 年）再讀解》（載《電影評介》2016 年第 18 期，貴陽，半月刊）。

（女僕）——白璐，李夢華——唐納，女友——藍蘋，陳秘書——
蔡若虹，王俊三——顧夢鶴，西洋鏡小販——袁牧之。

《船家女》演員表（以出場先後為序）：

　　老者——嚴工上，老者——唐巢父，青年——李清，阿玲——
徐來，阿玲父——朱孤雁，鐵兒——高占非，阿瑛——胡笳，大胖
子——譚志遠，孀母——柳金玉，闊少——孫敏，浮少——王吉亭，
闊少友——孫敬，工人——梅熹，小老蟲——董湘萍。

《新舊上海》演員表：

　　袁瑞三——王獻齋，吳美中——舒繡文，范師母——黃耐霜，
俞連珠——朱秋痕，孫如梅——顧梅君，根泰妻——袁紹梅，呂老
太太——薛秋霞，闊小姐——英茵，唐根泰——尤光照，陳先生——
高步霄，呂廣生——王吉亭，尹日昌——譚志遠，黃貞達——徐萃
園，呂女——張瑞芬，小章——李清，茶客——嚴工上。〔註 9〕

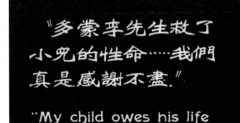

　　所以，作為左翼電影的升級換代版本，國防電影中影片人物姓名的設置
與命名邏輯，就沿用了左翼電影以上的路數。試以兩部公認的國防電影為
例：

《狼山喋血記》（1936）：

　　黎莉莉飾村姑小玉，張翼飾獵戶老張、劉瓊飾劉三，藍蘋飾劉
妻，韓蘭根飾牧羊人，尚冠武飾小玉父親李老爹；

〔註 9〕我對以上影片均有具體的個案解讀意見，其完全版和未刪節（配圖）版，先
　　　後收入拙著《黑白膠片的文化時態——1922～1936 年中國早期電影現存文本
　　　讀解》和《黑皮鞋：抗戰爆發前的新市民電影——1933～1937 年現存中國電
　　　影文本讀解》，敬請參閱。

《壯志凌雲》（1936）：

老王——宗由，黑妞（幼）——陳娟娟，黑妞（青）——王人美，順兒（幼）——金侖，順兒（青）——金焰，田德厚——田方，韓猴——韓蘭根，章胖——章志直，小嬌——黎明健，賣藥老人——王次龍，華老先生——施超，媒人老李——周鳳文。

值得注意的特殊現象是，一部分左翼電影中的人物姓名，包含著明顯的道德指向甚至價值判斷，這顯然來自舊市民電影但卻被賦予新的時代意義。（我對以上兩部影片的個案解讀意見，完全版和未刪節配圖版，祈分別參見拙著《黑白膠片的文化時態——1922～1936年中國早期電影現存文本讀解》和《黑布鞋：1936～1937年現存國防電影文本讀解》）。

最典型的是《惡鄰》（1933）：劇中人物鍾國芬是「中國魂」的諧音；黃華仁寓意「中華之人」；鄔質華代表追求物質之國人；黃暉士、黃猷影射侵華日軍（把暉、猷兩字拆開了就明白了）；白金濟暗喻西方列強。再看《桃李劫》（1934），男女主人公陶建平和黎麗琳，與片名中的桃、李發音對應並圖解主題；《風雲兒女》（1935）中的阿鳳、史夫人，分別是新舊不同時代的女性代表，辛白華、梁質夫，則有投身革命的先後之別。

以下是這些影片的演員表（以影片出品的時間為序）：

《惡鄰》演員表：

鍾國芬——鄔麗珠，黃華仁——張雨亭，鄔質華——王如玉，黃暉士——王東俠，黃猷——馬鳳樓，白金濟——何非光。

《桃李劫》演員（以出場先後為序）：

劉校長——唐槐秋，陳科長——魏季燕，陶建平——袁牧之，黎麗琳——陳波兒，黃志宏——王一之，陶母——朱銘仙，張經理

——張志勳，馬經理——周伯勳，工頭——李滌之，鄰婦——趙曼娜，學　生——李寶泉。

《風雲兒女》演員表：

　　　阿鳳——王人美，辛白華——袁牧之，史夫人——談瑛，梁質夫——顧夢鶴，徐家珍——陸露明，鳳祖——王桂林，鳳母——高逸安，女房東——王明霄，舞女甲——周璇，舞女乙——徐　健，革命青年——陳重奕，熱血青年——曾化林，藝術家甲——黃惶，藝術家乙——樊伯滋，藝術家丙——張愕，藝術家丁——潘丙心，作家甲——王藝之，作家乙——鄭展予，作家丙——洪凌，作家丁——嚴影，老百姓——李也非。〔註10〕

丑、舊市民電影對女性形象的道德考量及其曲折發展

　　檢索 1932 年之前現存的、公眾可以看到的中國早期電影就會發現，舊市民電影當中的女性形象有一個曲折發展的過程。1922 年，《勞工之愛情》中追求婚戀自由的女主人公形象的塑造，貌似是受到新文學思潮輻射和波及的結果，所以它才會有這樣一個片名。但實際上，影片是男女小販的街頭調情和打鬥鬧劇的影像版，對新文學熱衷表現的自由戀愛其實不無嘲諷之意。正因如此，它才還有一個極具「鴛鴦蝴蝶派」文學特質的別名，曰《擲果緣》。

　　因此，到了 1925 年的《一串珍珠》會讓你覺得，女主人公的形象貌似是從「自由戀愛」往回轉了。其實性質依舊，那就是舊市民電影背後舊文學和

〔註10〕我對以上影片均有具體的個案解讀意見，其完全版和未刪節（配圖）版，先後收入拙著《黑白膠片的文化時態——1922～1936 年中國早期電影現存文本讀解》和《黑馬甲：民國時代的左翼電影——1932～1937 年現存中國電影文本讀解》，敬請參閱。

舊文化等思想資源的強力支撐和自然體現。譬如女人要恪守婦德，只有克服了愛慕虛榮的毛病，生活才能回到正軌、才能被社會所認同。

1927 年，以古典戲劇為藍本改編而來的《西廂記》，對女性的刻畫與表現其實和元雜劇沒有本質區別，都是一見鍾情，繼而逾越禮法、成其好事，然後讓崔鶯鶯等著事實丈夫兼待業青年張生考中狀元回來成婚。戲劇版《西廂記》原本是文人始亂終棄的閒情之作，電影版的出現，不過是現代中國知識分子對女性審美情趣集體無意識的集中體現。譬如大多數知識分子都希望和喜歡能有這麼一場不負責任的豔遇，然後走開，再用文字留下一段美好傳說。

更重要的是，電影中的崔鶯鶯的形象並沒有從整體上違反傳統道德倫理，因為她的婚前同居雖然讓她歸屬道德低位，但母親大人對婚約的最終追認還是讓她重新獲得了社會倫理的認可。而同一年的《海角詩人》中的女性形象雖然有一層自由戀愛的外衣，但男女雙方的性道德是在傳統的倫理框架之內運行的，譬如女主人公對貞潔的誓死捍衛。

有意思的是，這後三部影片的導演都是侯曜。更有意思的是，無論是侯曜先前應聘拍攝《一串珍珠》的長城畫片公司（1924～1930），還是後來效力並為之編導《西廂記》和《海角詩人》的民新影片公司（1924～1930），都不是「鴛鴦蝴蝶派」或「禮拜六派」這樣舊文人雲集的電影公司，而都是接受過高等教育的新式知識分子的集結地──前者由清一色的留美學生創辦，後者首腦如羅明佑、黎民偉，都是不缺乏新思想的業界領袖。而這些影片都屬於舊市民電影形態的現象恰恰說明，舊市民電影自始至終都是時代性和主流性的雙重體現。

1928 年出品的《情海重吻》中，有婚外戀的女主人公被情人拋棄後，準備跳海求死以洗刷恥辱，不計前嫌趕來救援的男主人公對此表揚說：

「你知恥而來，可見你能悔過，從此我更加愛你了」。

　　至此，舊市民電影中的女性的形象算是往前走了一步。《勞工之愛情》是以喜劇的形式向「新」示意了一下，《情海重吻》則在主題思想上向「新」趨近。但隨後的舊市民電影又往後退了半步，那就是在堅守傳統道德倫理的前提下，一方面以批判的形式認可女性的自由戀愛傾向，另一方面又充斥著對女性形象的道德貶斥。

　　1929 年出品的《怕老婆》（又名《兒子英雄》）就是最好的例證。影片的女主人公集傳統文化理念當中壞女人的一切惡劣品質，這實際上是男權視角下女性形象的一種必然體現。

　　同一年出品的《雪中孤雛》，其女性人物形象應該說兼具了「新」和「舊」兩種傾向。楊家大少奶奶好吃懶做、虐待傭人，胡春梅則不無「新」品質，因為她的出逃是不滿包辦婚姻。但她和楊家少爺的相愛始終保持著低人一等的侍妾姿態，用她自己的為影片點題的一句話說就是「我願意終生侍奉你」。這是古代文學作品當中女子「自薦枕席」的電影版臺詞。換言之，胡春梅這個人物形象還是侷限於傳統倫理的框架之內。

　　就此而言，舊市民電影中真正體現出自由戀愛精神的女性人物形象，都集中出現於 1931 年，那就是《一翦梅》《銀漢雙星》《桃花泣血記》；當然，還有《戀愛與義務》。

寅、堅持傳統——國粹電影主題思想的生長點

從新、舊文化相對立的角度來說，《戀愛與義務》中的舊市民電影的道德取向發揮了強大的作用，傳統文化全面反攻倒算，徹底否定了新文化和新文學的「自由戀愛」精神和女性人物自強、獨立的形象。

譬如楊乃凡，身為人婦卻與早年情人私奔另組家庭，影片安排的結局是男方因此丟掉了工作，最後勞累至死；女主人公從此淪為終日勞苦謀生的裁縫，最終含羞自殺。你會發現這樣的安排一方面回到了1925年《一串珍珠》的出發點，即通過勞動懲罰自己的精神和肉體；另一方面，道德上有所虧欠的女子，最好的自我救贖方式就是死亡。這樣的安排是出自背後傳統文化中道德力量的左右。

《一串珍珠》是一個悲喜交加的正劇，《戀愛與義務》是個悲劇。因為自己早年的荒唐，楊乃凡不僅失去了先前一雙兒女的親情，眼看著還要殃及和戀人所生女兒的前程，所以她不得不死。這可以看出《戀愛與義務》的道德評判力道既一如既往，又增加了世俗考量。即一方面，依然單向譴責女性的紅杏出牆和性過錯；另一方面，用傳統和道德上的圓滿替代藝術視角上的大團圓結局。這種出於世俗又超乎世俗的行為意識，既是傳統倫理道德中「仁愛」境界的體現，也是現實形態中世俗化的道德選擇。

因為從常理說，一直是獨身、沒有再娶的黃大任具備一切接納前妻、破鏡重圓的成熟條件，但《戀愛與義務》沒有，因為它要對所謂的新文化和新文學中對女性解放和女性戀愛自由的理念給予徹底的否定。影片用一個活生生的例子告誡觀眾，一個女人不守婦道的下場，就是不僅毀滅了自己、累死了情人，而且還要禍及無辜的下一代。《戀愛與義務》在這裡站到了一個情節設置上驚心動魄的關口，差一點就可以走成兩年後《雷雨》的路子。因為楊乃凡的女兒很有可能與異父同母的同學形成戀愛關係，所幸被成功避開。

　　《戀愛與義務》是舊市民電影處於晚期，也就是行將退出歷史舞臺中心時期的重要作品，同時，又為 1930 年代初期興起的新電影奠定了合適的生成場域，因為一切新的都是在舊的基礎上產生的。

　　譬如，左翼電影中的女性人物形象，幾乎完全是新文化和新文學理念的代言人，鄙棄傳統道德理念、不缺乏戀愛自由和女性獨立這樣的思想資源；新市民電影當中的女性人物形象塑造呈現出在新、舊之間搖擺，但在總體上歸於傳統道德的姿態。因為新市民電影是在抽取左翼電影的思想元素上形成的，所以它在人物形象上的新東西往往是外加上去的。具體地說，一個人物形象身上所體現出來的革命化或追求進步姿態，不過是外在的左翼思想標籤。

　　1931 年，處於晚期的舊市民電影，為新電影當中的新民族主義電影或曰高度疑似政府主旋律電影〔註 11〕──現今，我稱之為國粹電影──奠定了道德和文化基礎。此前的中國電影，幾乎沒有政黨理念即意識形態的介入，左翼電影和國粹電影的出現，打破了這一傳統。

　　從現存的、公眾可以看到的影片來說，從 1934 年的《歸來》（編導：朱石麟），到 1935 年的《天倫》（監製與導演：羅明佑；副導演：費穆）、《國風》（編劇：羅明佑；聯合導演：羅明佑、朱石麟），1936 年的《慈母曲》（編導：朱石麟；監製、導演：羅明佑），以及 1937 年的《好女兒》（原名《新舊時代》，

〔註 11〕這一論點的歸納表述，祈參見拙作：《1922～1936 年中國國產電影之流變──以現存的、公眾可以看到的文本作為實證支撐》（載《學術界》2009 年第 5 期）。實際上，我對舊市民電影、左翼電影─國防電影（運動），以及新市民電影和國粹電影的概念及其實證的討論意見，貫穿於 1922～1937 年間每部現存影片的討論之中。祈參見拙著《黑白膠片的文化時態──1922～1936 年中國早期電影現存文本讀解》，以及《黑夜到來之前的中國電影──1937 年現存國產影片文本讀解》兩書的具體論證。

編劇、導演：朱石麟），已然形成了一條獨立於左翼電影和新市民電影之外的第三種電影脈絡。

稍加歸納就會發現，這些影片的主題思想與朱石麟、費穆，更與「聯華」首腦羅明佑、黎民偉直接關聯；更重要的是，這些影片顯然不是左翼電影，因為它們沒有暴力革命、階級意識和階級鬥爭；它們也不是新市民電影，因為它們沒有視聽娛樂、世俗智慧等都市文化消費主義。它們強調體現的，是傳統的道德倫理及其核心理念價值，而且得到執政黨在文化層面上的熱烈響應，即「一種不無理想主義色彩的國族認同」[8] P87。

丁、結語

作為「國片復興運動」的代表作品，正如當時的電影廣告宣傳的那樣，《戀愛與義務》是「純以中國人的理性，寫成中國式的悲劇」[10]。顯然，在 1932 年新電影出現之前的中國電影，都是舊市民電影，1931 年出品的《戀愛與義務》也沒有例外。其次，影片的主題思想和高票房的市場回報[11]，證明著「國片復興運動」落到了實處，也就是為日後新電影中不同於左翼電影和新市民電影的第三種電影形態或路線的出現奠定了基礎。因為迄今無人能夠否認，聯華影業公司出品的電影基本上可以看作是當時中國國產影片的主流代表。

現在觀眾還可以方便地看到 1931 年出品的其他三個片子，而且都出自聯華影業公司。

第一個是黃漪蹉編劇、卜萬蒼導演的《一翦梅》，當中的幾對青年男女都是知識分子出身的現代青年，但他們所謂的自由戀愛始終侷限於傳統的道德框架之內──有精神出軌，沒有事實上的出軌。

第二個是卜萬蒼編導的《桃花泣血記》，一定意義上它是對《戀愛與義務》主題思想的支撐：農家少女琳姑與東家金少爺的戀愛遭到金家寡母甚至是自

己父母的反對，最後安排的是琳姑的死亡。顯然這種死亡不是人物的自然死亡，而是來自於道德律例的扼殺。所以《桃花泣血記》與所謂的歌頌戀愛自由沒有關係，恰恰是戀愛自由的一種反證。

第三個是《銀漢雙星》（原著：張恨水；編劇：朱石麟；導演：史東山），如果說《戀愛與義務》是一個反證的話，那麼《銀漢雙星》就是一個正面證明：男主人公寧可假裝偷情逼走與之熱戀的女主人公，也要遵從父母之命回家完婚。從這個意義上說，1931 年的這四個電影，從文化上共同鑄就了國粹電影的道德基礎〔註 12〕。

戊、多餘的話

子、城市與衣著

八十多年前的《戀愛與義務》今天看上去倍感親切，主要是它的影像重現了 1930 年代中國社會的真實面貌。譬如當時上海的街道，雖然沒有今天這樣人工化的齊整，卻透露出濃鬱的宜居色彩。宜居其實就是人性化，街面、街道以及居家，均以小院或者小門相隔相鄰。其實這種情形在當時的美國電影中也能看到。問題是今天美國的街道和房屋設計沒什麼本質的變化，這邊廂卻是日新月異，用鋼筋水泥把人從土地上生生地架空。

其次，當時民眾的衣著也讓人感到特別地親切。譬如楊乃凡由於在街上與李祖義眉目傳情時發生車禍，圍觀的那些人，從衣著打扮上就能明顯地區分出其所屬的社會階層。體力勞動者基本上是短衣一族，知識分子則是禮帽

〔註 12〕 我對《一串珍珠》《桃花泣血記》《銀漢雙星》等三部影片的具體討論意見，祈參見拙著《黑白膠片的文化時態──1922～1936 年中國早期電影現存文本讀解》和《黑棉襖：民國文化中的舊市民電影──1922～1931 年現存中國電影文本讀解》中的相關章節。

長衫，或者西裝革履。這場戲估計是**群演現場實拍**，因為有兩個光著膀子的小孩天真爛漫地盯著鏡頭看。普通中國民眾的生活情態，在影片不經意的記錄中活靈活現地展示出來。

丑、什麼叫公園？

楊乃凡和李祖義重燃舊情那一場戲是在公園中展開完成的，鏡頭所及，讓我再次感歎那個公園不失公園之本義。我想起我成長的 1970 年代，我家旁邊的公園是我和**小夥伴們**時常遊玩的地方，去的次數之多僅次於學校。影片中的公園與我小時候記憶中的景色驚人相似，水是那麼深、那麼綠，水邊的土地和植物就是那樣自然地裸露，完全是自然環境生成的。即使有人工搭建的景致，譬如涼亭、石凳或長椅，也沒有對自然生態造成破壞，就那麼自然和諧地融為一體。

今天的公園，包括首都的公園，目力所及，巨量的、醜陋的水泥和人工建築早已從根本上破壞了公園自然環境和生態情趣。結果不僅讓人和自然的關係被疏離得越來越遠，那個空間中人與人的關係也被渲染得庸俗不堪。換言之，《戀愛與義務》的公園更接近其本來意義，即原生態的自然和人的社會化的和諧。

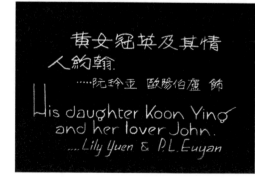

寅、兒童的精神氣質

扮演黃大任和楊乃凡那一對兒女的小男孩和小女孩，雖然我當年沒有見過他們，但直覺上的判斷，感覺那就是早年中國民眾典型的民族性的體現。就 1938 年之前的早期中國電影而言，最著名的民國小孩應該是「聯華」創辦者之一黎民偉的六公子黎鏗——他曾在 1934 年出品的《神女》和《歸來》中，與阮玲玉扮演母子。黎鏗聰明伶俐、長相俊秀，但你仔細琢磨就會發現他身上的海外僑胞氣質。因此，黎鏗的代表性不如《戀愛與義務》中的那兩個小孩。

這倆孩子一出來，就讓我不自覺地想到魯迅曾寫過的一篇文章，《從孩子的照相說起》（談類似問題的文章還有《南腔北調集·上海的兒童》《華蓋集·忽然想到之五》，以及《隨感錄·二十五》《我們現在怎樣做父親》等）。因為兒童是最不能掩飾內心世界和精神氣質的，或者說，小孩子的面相和精神氣質，實際上就是成人世界和成人社會精神氣質的直接體現。因為兒童本真，所以這倆孩子的面容讓人過目難忘。

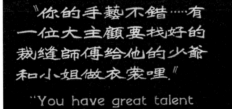

卯、居住環境與人際關係

這也是影片當中不經意地體現出來的，說起來也讓人非常感慨。楊乃凡和李祖義私奔，到了一個地方安頓下來，不僅買菜做飯，而且居家過日子生起孩子來。他們採買菜蔬的菜市場，那個污水溝和今天北京遠郊區縣的菜市場有得一比。但是他們和睦的鄰里關係，與今天比較起來，差異就非常之大。

這種和睦與融洽的鄰里關係，是居住環境所決定的，是真正的街坊鄰居。譬如李祖義昏倒在自家門前，是鄰居夫婦把他抱到家裏去的。假若今天發生了類似事情，除非你是領導，誰還主動過來幫忙把你扛到家裏去……現如今城市中貌似人人比鄰而居，但也只限於隔門相望的關係，因為經年累月住在一處卻不知對方姓甚名誰，哪方神聖。

辰、為什麼要當裁縫？

李祖義死後，楊乃凡只好做了裁縫，含辛茹苦地度日。這個情節安排使人想起 1925 年的《一串珍珠》。那個女主人公因為愛慕虛榮，結果既丟了項鍊，也害得丈夫因為挪用公款進了監獄，自己只能依靠以縫補為生。按說楊乃凡也是青年學生出身，《戀愛與義務》給她安排這樣的一個職業有何根據、又有何寓意？

因為，如果說《一串珍珠》的女主人公本身是一個家庭婦女，她所從事的只能是這種對知識要求不高的普通活計的話，那麼《戀愛與義務》中的女主人公可是上過學堂的小知識分子，這種職業並不是她唯一的選擇；更何況，在過去講究門當戶對的情況下，她當初能被嫁到比較富裕的黃家，說明娘家也並非赤貧。事實上，影片這樣的安排與其說是細節考量的疏忽，倒不如說是舊市民電影模式化要求的必然產物。那就是以通俗易懂的方式，到達懲罰其肉體、煎熬其靈魂，彰顯道德力量的目的。

己、觀眾的當下反應

雖說舊市民電影類似的模式，尤其是表演的模式化所在多見，過去除了知識分子階層可能不見得待見之外，觀眾應該是不會有什麼輕慢的意思，只有贊成和不贊成的、喜歡和不喜歡的，甚至是看見的和沒看見的區分。但那天我在《戀愛與義務》的公映現場，那些模式化的表演不斷引發觀眾明顯的嘲笑聲，或者說，是不無輕慢的嬉笑聲。

儘管如此，影片最後彰顯的道德力量還是獲得了跨時代的成功。證據是影片結束放映的時候，現場響起了掌聲。這一點真是出乎我的意料。這是否可以解釋為，八十多年後的觀眾，尤其是青年人，影片可能有他們不喜歡的地方，但還有他們被打動的地方？〔註 13〕

初稿時間：2010 年 12 月 12 日

初稿錄入：朱洋洋、張宏瑞

二稿時間：2012 年 3 月 22 日

二稿錄入：劉慧姣

三稿改定：2013 年 10 月 2 日～22 日

四稿修訂：2014 年 2 月 19 日

再版修訂：2016 年 7 月 22 日～8 月 13 日

再版再校：2019 年 3 月 6 日

再版三校：2021 年 1 月 9 日～5 月 16 日

〔註 13〕本章文字的主體部分（不包括戊、多餘的話）共約 12000 字，最初曾以《中國早期電影的道德圖解與新電影的生長點——以聯華影業公司 1931 年出品的無聲片〈戀愛與義務〉為例》為題，發表於《浙江傳媒學院學報》2014 年第 2 期（杭州，雙月刊），隨後被中國人民大學《複印報刊資料‧影視藝術》2014 年第 7 期全文轉載（但是我直至兩年後才偶然知道）。其未刪節（配圖）版，收入拙著《黑棉襖：民國文化中的舊市民電影——1922～1931 年現存中國電影文本讀解》（臺灣花木蘭文化出版社 2014 年 9 月版）時，列為第拾章，題目是：《舊市民電影的道德圖解與新民族主義電影的生長點——以 1931 年聯華影業公司出品的無聲片〈戀愛與義務〉為例》。此次輯入，將原先的新民族主義電影的提法統一訂正為國粹電影，其他修訂之處（包括標點符號），亦均以黑體字標識；此外，用 2021 年網絡修復完整版截圖，替換了 2014 年版（除第一、二幅和倒數第五幅之外）的所有相同場景配圖，共計七十幅；同時，更新了影片鏡頭統計數據及圖表。特此申明。

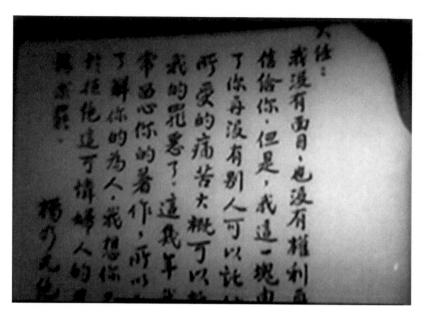

參考文獻

〔1〕新浪娛樂：《電影資料館攜手百老匯影城推出阮玲玉回顧展》〔EB／OL〕http://ent.sina.com.cn/m/c/2010-11-30/16403163004.shtml〔登陸時間：2012-12-12〕。

〔2〕王捷梅（搜集整理），一代名導卜萬蒼〔M〕，北京：中國電影出版社，2005。

〔3〕朱石麟，《戀愛與義務》作者羅琛女士之著述及其抱負〔J〕，影戲雜誌：第一卷，第11、12期合刊，1930-11//酈蘇元，胡菊彬，中國無聲電影史〔M〕，北京：中國電影出版社，1996：264。

〔4〕影戲雜誌，1930-1-10//中國電影資料館編，中國無聲電影（三）〔M〕，北京：中國電影出版社，1996：1198～1201。

〔5〕李淞耘，國片復興聲浪中的幾個基礎問題〔N〕，影戲雜誌.1931-2-3//中國電影資料館編，中國無聲電影（二）〔M〕，北京：中國電影出版社，1996：792。

〔6〕程季華，中國電影發展史：第1卷〔M〕，北京：中國電影出版社，1963：153。

〔7〕陸弘石、舒曉鳴，中國電影史〔M〕，北京：文化藝術出版社，1998：35。

〔8〕李道新，中國電影史研究專題〔M〕，北京大學出版社，2006。

〔9〕李道新，中國電影文化史（1905～2004）〔M〕，北京大學出版社，2005：107。

〔10〕上海：影戲雜誌（第一卷），1931-4（11、12 合刊）//李道新，中國電影史研究專題〔M〕，北京大學出版社，2006：51。

〔11〕開麥拉：羅明佑器重卜萬蒼〔J〕，上海：影戲生活（第一卷）1931-11（45）：47//李道新，中國電影文化史（1905～2004）〔M〕，北京大學出版社，2005：107。

Love and Duty（1931）──The Ethical Code in Traditional Chinese Film and Growing Point of New Films

Read Guide: Before the emergence of the new film in 1932, the early Chinese films all fell into the category of the Traditional Chinese Film. Therefore, the silent film *Love and Duty*, produced in 1931, is not only the representative of late Traditional Chinese Film, but also the embryonic form of the upcoming new films. Taking *Love and Duty* as an example, on the one hand, the film's expression mode and secular illustration of ethics conform to the traditional, ethical, civilized and conservative characteristics of Traditional Chinese Film. On the other hand, these characteristics have laid the foundation of legal, moral and artistic models for the emergence of new film forms, such as Left-wing Film, New Citizen Film, especially the Quintessence Chinese Films, i.e. New Nationalism Film.

Keywords: Traditional Chinese Film; Quintessence Chinese Film（New Nationalism Film）; Left-wing Film; New Citizen Film; cultural tradition

正　編

第壹章 《歸來》(1934年)——國粹電影中女主人公的道德站位與文化指南

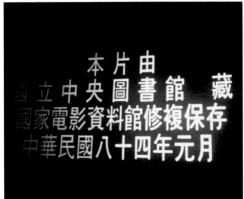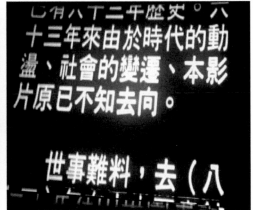

閱讀指要:

　　主題和題材侷限於家庭倫理、婚姻戀愛以及武俠神怪的舊市民電影,女主人公多有道德瑕疵甚至性別原罪,或者身處道德低位。左翼電影中的女主人公幾乎全部出身社會底層,即便是成為性工作者,也是品德高尚,大則憂國憂民、心繫國家民族,小則鄙視金錢名利、無私奉獻,無不帶有鮮明的階級性指向或曰革命性的道德光輝。有條件地抽取借助左翼電影思想元素的新市民電影,其女主人公更多的是體現超階級性的人性情懷和更符合新時代潮流的道德情操。《歸來》之所以是國粹電影,看上去講的是作為原配的女主人公回歸妻子、慈母原有的道德高位,實際上是編導在中西文化碰撞中,在傳統文化背景下,面對嚴酷現實,對家庭宗法倫理的道德強調、給出的價值理念指南。

關鍵詞:道德站位;舊市民電影;左翼電影;新市民電影;國粹電影;朱石麟

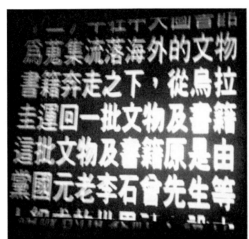

專業鏈接 1：《歸來》（故事片，黑白，無聲），聯華影業公司第三廠 1934 年出品。原片拷貝（10 本）修復公映版，時長約 93 分鐘。

　　>>> 編導：朱石麟；攝影：莊國鈞；布景：吳永剛。

　　>>> 主演：高占非（飾丈夫顧彬）、阮玲玉（飾原配妻子琬）、妮姬娣娜（飾外國妻子黛娜）、黎鏗（飾兒子鑒兒）、尚冠武（飾父親顧嘯）、洪鶯（飾女兒）、魏巍（飾顧家僕人）。

專業鏈接 2：原片片頭及演職員表字幕（缺失）

專業鏈接 3：影片鏡頭統計（缺失）

專業鏈接 4：影片經典字幕與臺詞（字幕）選輯

　　　　在中國，一個很可紀念的晚上。

　　　　「我如果要欺騙你，我絕不會帶你回家來……」。

　　　　「她是我的妻，是真的，父親寫信給我說她死了，也是真的，我因為愛你而娶你，更是真的，但是，現在……」——「不管是真是假，有她就沒有我，有我就沒有她！」——「我不知道說什麼才好……琬，我只希望你能原諒我」。

　　　　「但我總不能這樣下去，我想來想去，非同她直說不可」。

　　　　「嫂嫂也許會去自殺罷」——「她有這樣犧牲精神，絕不會自殺的」。

　　　　「一個母親失去了她的孩子，更可憐呢」。

　　　　「這裡太髒了，少奶奶，還是回去吧，他們到處在尋你」。

「我們小少爺現有一點兒頭痛，一天就請了四個醫生」。

「顧家小少爺病得凶極了，一天請了十六個醫生」。

「你千萬不要告訴他們，我只要看看我的孩子，等他病好了，我就永遠離開這裡」。

「妻子可以犧牲丈夫，母親不許犧牲孩子」。〔註1〕

圖片說明：《歸來》廣告（《申報》1934年2月7日，第23版，第21846期）。

〔註 1〕因為我始終得不到視頻拷貝，故專業鏈接 1：原片演職員表字幕是根據相關資料整理得來，專業鏈接2：原片演職員表字幕和專業鏈接3：影片鏡頭統計只能付諸闕如。專業鏈接4：影片經典字幕與臺詞（字幕）選輯，亦只能根據有限的現場拍攝和筆記提供而來，難免遺珠之憾。特此申明。

專業鏈接 5：影片觀賞推薦指數：★★☆☆☆

專業鏈接 6：影片學術價值指數：★★★☆☆

甲、前面的話

2010 年 12 月 10 日，由（北京）中國電影資料館提供館藏影片並在北京的一家商業藝術中心舉辦了「阮玲玉影片回顧展」。公映的影片中，包括由朱石麟編導、聯華影業公司 1934 年出品的無聲片《歸來》。這部影片的修復版字幕介紹說，1994 年在南美的烏拉圭發現了原始拷貝並運回臺灣，1995 年由（臺灣）中央圖書館館藏、（臺灣）國家電影資料館修復保存（見插圖之一、之二、之三、之四）。我現場記錄的片長時間是 93 分鐘，片頭片尾的演職員表則不克記錄。

根據查到的《申報》廣告，《歸來》在 1934 年 1 月的賣點是：

> 「主角為阮玲玉與高占非、及外國女性妮姬娣娜，國片之聘用異國女性為重要角色，恐尚未之前見，而上海電影院之以國片開幕者，更屬破天荒第一次」[1]。

圖片說明：《歸來》廣告（《申報》1934 年 2 月 17 日，第 32 版，第 21850 期）。

影片上映前（2 月 7 日、8 日）的宣傳詞是：

> 「中西藝人會串 創國片未有之先例。中外明星合作 是影界空前之成功。四個第一：阮玲玉、高占非第一次合作；朱石麟第一次導演；國產片第一次用國外演員；聯華三廠第一次出品。異族戀的苦悶，掀起情海波瀾；母性愛的真摯，造成絕世悲劇」[2]。

「人間兩種靈性異族兩個女性。她們的隔膜，正面衝突。她們的瞭解，自我犧牲。劇力之強強於生命力。劇情之柔柔似春水情。中外明星合作，是影界空前之成功」[3]。

圖片說明：《歸來》廣告（《申報》1934年2月21日，第24版，第21854期）。

1934年2月17日影片公映時，金城大戲院的廣告極盡溢美之詞：

「阮玲玉、高占非初度合作。熱情流露的異國明星 妮姬娣娜。童星魁首 黎鏗。值得大書特書的空前奇蹟。哀感頑豔 非常細膩結構。《歸來》帶回了千種悲哀。《歸來》帶回了萬端愁緒。痛苦葬在心坎的深處！珠淚淌在夜闌人靜時！」[4]

三天後，金城大戲院的廣告（20日、21日、22日）依次是：

「天天客滿。場場滿座。映期無多。欲觀從速」[5]

「截至昨日至，觀眾已超過四萬餘。賣座盛況創空前新紀錄」。[6]

「各界熱烈要求情意難卻 明日續映良好機會請弗錯過。昨天仍告滿座盛矣哉。本片售出票數之巨，連日觀眾之多，已造成全上海電影院絕無之最高標準！」[7]

光華大戲院的接力廣告（24 日、25 日）曰：

「中西藝人會串，創國片未有之先例。中外明星合作。是影界空前之成功。此片在金城大戲院連演十一日場場滿座！」。[8]

「花一般的豔麗。夢一般的渺茫。雲一般的輕飄。秋一般的淒惻」[9]。

明星大戲院（27 日）廣告云：

「中國影壇增添了無限光榮。中國影壇突起了生力異軍。異族戀的苦悶，母性愛的真摯。掀起情海風波，造成絕大悲劇。人生之路的狂風暴雨，情慾理智的衝突爭鬥。靈性流露，情緒充溢」。[10]

1934 年 3 月，影片移師東南大戲院，（4 日）廣告曰：

「是血淚所凝成，有浩然之正氣。是藝術之極峰，情緒痛徹心脾」。[11]

圖片說明：《歸來》廣告（《申報》1934 年 2 月 24 日，第 25 版，第 21857 期）。

山西大戲院（7 日）則謂：「悲哀刺激。甜蜜安慰」。[12]

——畢竟不是頭輪影院口吻。

《歸來》應該是持續放映到 6 月 15 日，所以卡德大戲院當天的廣告以力借力，曰：

「上次開映《人生》，每日每場滿座。人生那比《歸來》，觀眾勢必更擠」。[13]

這义筆，端的是义采與哲理並舉。

1949年以後的中國電影史研究，1960年代對《歸來》的評價基本是集體否定意見。譬如這段話：「朱石麟在創作《良宵》前後，還編導了《歸來》和《青春》，楊小仲也編導了《蛇蠍美人》和《四姊妹》，這四部影片都不脫離家庭戀愛糾葛的老套，就思想內容而言，比起《良宵》來要遜色得多」。[14] P346

1990年代後期，研究者開始掙脫意識形態的僵硬約束，譬如把朱石麟的創作歸到「倫理片」類別。這個歸類的淵源，其實來自1930年代初，聯華影業公司創始人之一羅明佑「復興國片」的主張：「對於東方忠孝任俠，可歌可泣之往事」，應該「以我國固有之懿風美德，發揚光大，貢獻社會」，「以期達到提倡藝術勸善懲惡之目的」。[15]

圖片說明：《歸來》廣告（《申報》1934年2月27日，第23版，第21860期）。

研究者就此認為，1934年和1935年，「羅明佑的這個主張得到切實的貫徹，倫理片製作也成為聯華公司的創作特色之一，而且相當一部分也是在羅明佑的親自參與下製作的」。[16] P355 所謂羅明佑親自參與創作，除了1934年的劇本《除夕》（姜起鳳導演），《古寺鵑聲》（與梁少坡合作編劇，梁少坡導演）[16] P357，主要指的是1935年他主導了兩部電影《國風》和《天倫》。[註2]

────────────────

[註2]《國風》《天倫》的相關信息和我的具體討論意見，祈參見本書第貳章、第叁章。

　　2000 年以降的中國電影史研究，注意到了編導對中國「古典美學的執著探索」，其「主要以家庭倫理題材……為 20 世紀上半葉的中國社會尋找精神與文化之根」[17]，其「倫理訴求與國族想像」、「在對西方思潮的適度接納和中國文化的深情回望中建立起一種不無理想主義色彩的國族認同」[18]。

　　對此，有人進一步提醒說，朱石麟從一開始「就在著力塑造具有傳統文化觀念和價值取向的人物形象……例如《故都春夢》中的王惠蘭……《歸來》中的琬和《國風》中的張蘭」[19]。具體到《歸來》，認為「看似講述一個純粹的家庭倫理衝突與危機，但衝突與危機的根源並非男主人公顧彬的喜新厭舊，而是因為改變國運的戰爭」，而這場戰爭，「應是剛剛過去不久的『九‧一八』或『一‧二八』」。[20]

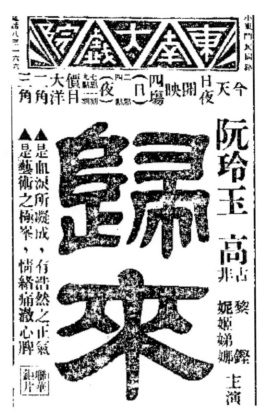

圖片說明：《歸來》廣告(《申報》1934 年 3 月 4 日，第 25 版，第 21865 期)。

　　提取一下公因式就會發現，從 1949 年後到 1990 年代，電影史研究都承認《歸來》屬於家庭倫理的文化範疇，只不過 1960 年代不無褒貶。2000 年以後，影片具備的「倫理訴求」被更宏大的家國傳統和「國族想像」概念所替代。但是在我看來，《歸來》無疑是 1930 年代初期新興的、與舊電影即舊市民電影有別的新電影形態；同時，《歸來》顯然既不屬於同是新電影的左翼電影或新市民電影，而應歸入我先前稱之為新民族主義電影的國粹電影序列，因為《歸來》具備對傳統文化價值判斷與時代選擇的新思潮和新人物形象。

乙、舊市民電影、左翼電影、新市民電影以及國粹電影中女主人公的道德站位

《歸來》說的是丈夫在外經商，租住在一對外國母女那裡，美貌的女兒黛娜因為既想念自己的中國生父又懷念自己的祖國，所以對這位叫顧彬的男房客多有好感。「九·一八」事變時，顧彬的妻子琬在逃難中被炸傷，大家都以為她死了並通知了顧彬。顧彬在回國的前一天與黛娜結婚並雙雙返家，這才知道妻子後來養好了傷一直在等他。面對此情此景，琬不僅沒有責備丈夫，還主動將臥室讓出來並對黛娜自稱是丈夫的妹妹。由於琬認為「妻子可以犧牲丈夫」，但「母親不能犧牲孩子」，所以晚上經常偷著回來看望幼子；黛娜雖然忠誠

圖片說明：《歸來》廣告（《申報》1934年3月7日，第24版，第21868期）。

於愛情，但知道真相後既被這母子之情感動，又思念依舊獨居異地的寡母，所以決定離去，留下的字條說：

我要回到我母親那裡，不要去找我了，一切都還給你[21]

原配完勝，故曰《歸來》。

片名有兩重含義。從表面看，是外出經商的男主人公回歸故鄉，夫妻重聚，但文本的深層涵義，是指本土倫理道德和傳統文化的回歸：縱然外人再怎麼美艷忠貞，還是不如原配賢良溫婉來得可靠。從影片文本足夠長度的影像信息上看，黛娜母女顯然是俄羅斯血統，很可能是1917年沙皇俄國「十月革命」後，逃亡到東北或上海的白俄貴族或上流知識分子家屬。因此，黛娜母女成為異質文化的代表，與阮玲玉飾演的、典型的江南女子原配琬形成中外妻子的共時對比——這，既是《歸來》在女性形象上的新貢獻，又是影片思想主題的新資源：傳統文化的價值判斷與道德站位。

圖片說明：《歸來》廣告（《申報》1934 年 6 月 15 日，第 29 版，第 21966 期）。

子、舊市民電影中的女主人公

　　在以左翼電影為代表的新電影出現之前的中國電影，現存的、公眾可以看到的影片都可以證明是舊市民電影，即主題和題材侷限於家庭倫理、婚姻戀愛以及武俠神怪，其女性人物形象多有道德瑕疵甚至性別原罪。譬如，《一串珍珠》（1925）將「敗家」根源歸結於「女人愛慕虛榮」，太太悔過自新後，家庭才得以再次興旺。〔註 3〕

　　《情海重吻》（1928）中的少婦紅杏出牆最終被情人拋棄，準備跳海赴死時被癡情依舊的丈夫救下，破鏡得以重圓〔註 4〕。《怕老婆》（《兒子英雄》，1929）中的後媽不僅虐待丈夫和繼子，還包養情夫、窩贓且陷害親夫〔註 5〕。

〔註 3〕《一串珍珠》（故事片，黑白，無聲），長城畫片公司 1925 出品；編劇：侯曜；導演：李澤源。我對這部影片的具體意見，祈參見拙作：《外來文化資源被本土思想格式化的體現——〈一串珍珠〉（1925 年）：舊市民電影及其個案剖析之一》（載《上海文化》2007 年第 5 期），其完全版和未刪節（配圖）版，先後收入拙著《黑白膠片的文化時態——1922～1936 年中國早期電影現存文本讀解》和《黑棉襖：民國文化中的舊市民電影——1922～1931 年現存中國電影文本讀解》，敬請參閱。

〔註 4〕《情海重吻》（故事片，黑白，無聲），上海大中華百合影片公司 1928 年出品；導演：謝雲卿。我對這部影片的具體意見，祈參見拙作：《對 1920 年代末期中國舊市民電影低俗性的樣本讀解——以 1928 年大中華百合影片公司的〈情海重吻〉為例》（載《浙江傳媒學院學報》2009 年第 4 期），其完全版和未刪節（配圖）版，先後收入拙著《黑白膠片的文化時態——1922～1936 年中國早期電影現存文本讀解》和《黑棉襖：民國文化中的舊市民電影——1922～1931 年現存中國電影文本讀解》，敬請參閱。

〔註 5〕《怕老婆》（又名《兒子英雄》，故事片，黑白，無聲），上海長城畫片公司 1929 年出品；編劇：陳趾青；導演：楊小仲。我對這部影片的具體意見，祈參見拙作：《上世紀 20 年代舊文化生態背景下的舊市民電影——以 1929 年出品的〈兒子英雄〉為例》（載《汕頭大學學報》2009 年第 5 期），其完全版和未刪

《戀愛與義務》（1931）中的女主人公丟下一雙兒女與初戀情人私奔，最後情人勞累致死，自己臨終前還得把私生女託付給前夫撫養〔註6〕。《桃花泣血記》（1931）裏的村姑不聽雙方父母訓誡執意與富家少爺私自同居，生了孩子後悲慘死去。〔註7〕

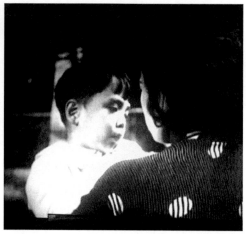

其他舊市民電影中的女主人公也大都身處道德低位。譬如，《西廂記》（1927）的女主人公婚前突破禮法約束，對男方以身相許，然後期待對方功名加身〔註8〕。《海角詩人》（1927）的女主人公為捍衛貞潔而投海，但男主

節（配圖）版，先後收入拙著《黑白膠片的文化時態——1922～1936 年中國早期電影現存文本讀解》和《黑棉襖：民國文化中的舊市民電影——1922～1931 年現存中國電影文本讀解》，敬請參閱。

〔註6〕《戀愛與義務》的相關信息和我的具體討論意見，祈參見本書前編。

〔註7〕《桃花泣血記》（故事片，黑白，無聲），聯華影業公司 1931 年出品；編劇、導演：卜萬蒼。我對這部影片的具體意見，祈參見拙作：《〈桃花泣血記〉：模式的遺存和新信息的些許植入——1930 年代初期的中國舊市民電影樣本讀解之一》（載《浙江傳媒學院學報》2009 年第 3 期），其完全版和未刪節（配圖）版，先後收入拙著《黑白膠片的文化時態——1922～1936 年中國早期電影現存文本讀解》和《黑棉襖：民國文化中的舊市民電影——1922～1931 年現存中國電影文本讀解》，敬請參閱。

〔註8〕《西廂記》（故事片，黑白，無聲，殘篇），民新影片公司 1927 年出品；編導：侯曜。我對這部影片的具體意見，祈參見拙作：《傳統性資源的影像開發和知識分子對舊市民電影情趣的分享——以民新影片公司 1927 年出品的影片〈西廂記〉為例》（載《長江師範學院學報》2009 年第 2 期），其完全版和未刪節（配圖）版，先後收入拙著《黑白膠片的文化時態——1922～1936 年中國早期電影現存文本讀解》和《黑棉襖：民國文化中的舊市民電影——1922～1931 年現存中國電影文本讀解》，敬請參閱。

人公也為她哭瞎了雙眼〔註 9〕。《雪中孤雛》（1929）中，逃婚的女主人公被
富家子搭救，雖然二人兩情相悅，但已婚婦人的身份，使她甘願「終身侍候」
對方〔註 10〕。《銀漢雙星》（1931）中，畫家的女兒和電影導演一見鍾情，兩
人海誓山盟，後來發現男方家裏已有婚約，男人離去後，女的也不知所終。
〔註 11〕

　　《一翦梅》（1931）中的兩對青年男女的戀情故事倒是符合常規，只不過
加上了投身革命隊伍的時代色彩〔註 12〕。比這部影片更有時代性的是《南國
之春》（1932），雖然女主人公依然是典型的怨婦形象，但影片中的左翼色彩
已經顯現〔註 13〕。至於兩部武俠片《紅俠》（1929）和《女俠白玫瑰》（1929），

〔註 9〕好在女主人公落水後獲救，男主人公與之重逢後，眼睛又得以復明。《海角詩
　　　人》（故事片，黑白，無聲），民新影片公司 1927 年出品；編劇、導演：侯曜。
　　　我對這部影片的具體意見，祈參見拙作：《新知識分子的舊市民電影創作──
　　　新發現的侯曜〈海角詩人〉殘片讀解》（載《浙江傳媒學院學報》2012 年第 5
　　　期），其未刪節版（配圖）收入拙著《黑棉襖：民國文化中的舊市民電影──
　　　1922～1931 年現存中國電影文本讀解》，敬請參閱。
〔註 10〕《雪中孤雛》（故事片，黑白，無聲），華劇影片公司 1929 年出品；編劇及說
　　　明：周鵑紅；導演：張惠民；副導演：吳素馨。我對這部影片的具體意見，
　　　祈參見拙作：《〈雪中孤雛〉：新時代中的舊道德，老做派中的新景象──1920
　　　年代末期中國舊市民電影個案分析之一》（載《淮南師範學院學報》2009 年
　　　第 1 期），其完全版和未刪節（配圖）版，先後收入拙著《黑白膠片的文化時
　　　態──1922～1936 年中國早期電影現存文本讀解》和《黑棉襖：民國文化中
　　　的舊市民電影──1922～1931 年現存中國電影文本讀解》，敬請參閱。
〔註 11〕《銀漢雙星》（故事片，黑白，無聲），聯華影業公司 1931 年出品；原著：張
　　　恨水；編劇：朱石麟；導演：史東山。我對這部影片的具體意見，祈參見拙
　　　作：《20 世紀 30 年代初期中國舊市民電影的傳統症候與新鮮景觀──以聯華
　　　影業公司出品的〈銀漢雙星〉為例》（《浙江傳媒學院學報》2014 年第 5 期），
　　　其完全版和未刪節（配圖）版，先後收入拙著《黑白膠片的文化時態──1922
　　　～1936 年中國早期電影現存文本讀解》和《黑棉襖：民國文化中的舊市民電
　　　影──1922～1931 年現存中國電影文本讀解》，敬請參閱。
〔註 12〕《一翦梅》（故事片，黑白，無聲），聯華影業公司 1931 年出品；編劇：黃漪
　　　磋；導演：卜萬蒼。我對這部影片的具體意見，祈參見拙作：《〈一翦梅〉：趣
　　　味大於思想，形式強於內容──1930 年代初期的中國舊市民電影樣本讀解之
　　　一》（載《新疆藝術學院學報》2008 年第 4 期），其完全版和未刪節（配圖）
　　　版，先後收入拙著《黑白膠片的文化時態──1922～1936 年中國早期電影現
　　　存文本讀解》和《黑棉襖：民國文化中的舊市民電影──1922～1931 年現存
　　　中國電影文本讀解》，敬請參閱。
〔註 13〕《南國之春》（故事片，黑白，無聲），聯華影業公司 1932 年出品；編劇、導
　　　演：蔡楚生。我對這部影片的具體意見，祈參見拙作：《論舊市民電影〈啼笑
　　　因緣〉的老和〈南國之春〉的新》（載《揚子江評論》2007 年第 2 期），其完

女主人公的形象和道德定位都不能用人間常態來衡量──前者學成武藝、為祖母報仇之後，竟要求一直愛著自己的戀人與別的女子成親，然後又去行俠仗義〔註14〕；後者則女扮男裝，行走江湖、快意恩仇。〔註15〕

丑、左翼電影中的女主人公

如果說，以舊文藝、舊文學即舊文化為文本取用資源的舊市民電影，以維護傳統的倫理道德為己任、與當時正躋身主流的新文化和新文學產生對立，並在一定程度上與新的理念對立和抗衡、對新文化和由此產生的新道德理念（譬如說愛情高於婚姻倫理）給予否定和排斥的話，那麼，以新文化和新文

全版和未刪節（配圖）版，先後收入拙著《黑白膠片的文化時態──1922～1936年中國早期電影現存文本讀解》和《黑棉襪：民國文化中的舊市民電影──1922～1931年現存中國電影文本讀解》，敬請參閱。

〔註14〕《紅俠》（故事片，黑白，無聲），友聯影片公司1929年出品；DVD視頻時長：92分03秒；導演：文逸民；副導演：尚冠武；攝影：姚士泉；主演：范雪朋、文逸民、瞿一峰、徐國輝、王楚琴、尚冠武。我對這部影片的具體意見，祈參見拙作：《舊市民電影的總體特徵──1922～1931年中國早期電影概論》（載《浙江傳媒學院學報》2013年第3期）、《舊市民電影的又一新例證──以1929年友聯影片公司出品的武俠片〈紅俠〉為例》（載《浙江傳媒學院學報》2013年第4期），其未刪節（配圖）版收入拙著《黑棉襪：民國文化中的舊市民電影──1922～1931年現存中國電影文本讀解》，敬請參閱。

〔註15〕《女俠白玫瑰》（又名《白玫瑰》，故事片，黑白，無聲，殘片），華劇影片公司1929年出品；編劇：谷劍塵；導演：張惠民。我對這部影片的具體意見，祈參見拙作：《中國早期電影中武俠片的情色、打鬥與噱頭、滑稽──以1929年華劇影片公司出品的〈女俠白玫瑰〉為例》（載《文化藝術研究》2013年第4期），其未刪節（配圖）版收入拙著《黑棉襪：民國文化中的舊市民電影──1922～1931年現存中國電影文本讀解》，敬請參閱。

學理念與思想為新資源的新電影，譬如左翼電影和新市民電影，其以女主人公為代表的女性形象及其道德站位則是另一番景象。

　　1930 年代初，中國電影有了新、舊之別，新電影被稱為「新興電影」[22]。新電影中最先出現的是左翼電影，標誌是 1932 年孫瑜編導的《野玫瑰》：女主人公是貧窮的農家女，之所以獲得富有、帥氣的男主人公的熱愛，是因為她主張愛國、宣傳救亡〔註 16〕。《火山情血》（1932）的女主人公雖然是一個賣藝為生的舞女，但卻擁有不畏強暴、同情被壓迫者的高貴品質。〔註 17〕

No, he's coming on the train tomorrow.

I hope you'll love my hometown and everything to do with me.

　　同樣是進城謀生的農民工，《天明》（1933）的女主人公即使成為性工作者，也依然熱愛勞苦大眾並最終為革命事業獻出生命〔註 18〕。《母性之光》

〔註 16〕　《野玫瑰》（故事片，黑白，無聲），聯華影業公司 1932 年出品；編劇、導演：孫瑜。我對這部影片的具體意見，祈參見拙作：《〈野玫瑰〉：從舊市民電影向左翼電影的過渡——現存中國早期左翼電影樣本讀解之一》（載《文學評論叢刊》第 11 卷第 1 期，2008 年 11 月），其完全版和未刪節（配圖）版，先後收入拙著《黑白膠片的文化時態——1922～1936 年中國早期電影現存文本讀解》和《黑馬甲：民國時代的左翼電影——1932～1937 年現存中國電影文本讀解》（臺灣花木蘭文化出版社 2015 年版），敬請參閱。

〔註 17〕　《火山情血》（故事片，黑白，無聲），聯華影業公司 1932 年出品；編劇、導演：孫瑜。我對這部影片的具體意見，祈參見拙作：《中國早期左翼電影暴力基因的植入及其歷史傳遞——以孫瑜 1932 年編導的〈火山情血〉為例》（載《河北師範大學學報》2009 年第 5 期）、《再談左翼電影的幾個特點及其知識分子審美特徵——二讀〈火山情血〉（1932）》（載《浙江傳媒學院學報》2015 年第 4 期）。前一篇的完全版和未刪節（配圖）版，先後收入拙著《黑白膠片的文化時態——1922～1936 年中國早期電影現存文本讀解》和《黑馬甲：民國時代的左翼電影——1932～1937 年現存中國電影文本讀解》，敬請參閱。

〔註 18〕　《天明》（故事片，黑白，無聲），聯華影業公司 1933 年出品；編劇、導演：孫瑜。我對這部影片的具體意見，祈參見拙作：《左翼電影的道德激情、暴力

（1933）中的母女倆曾經被有錢人蒙蔽一時，但最後還是毅然回到窮困的男主人公身邊同甘共苦、無私奉獻〔註 19〕。《小玩意》（1933）的女主人公不過是小商販，但她忠實於自己的丈夫，更心繫國家民族，所以規勸追求自己的大學生出國深造、以實業救國。〔註 20〕

同樣是女俠，同樣是暴力反抗，但《惡鄰》（1933）中抗日救國思想和行為，完全建立在女主人公深明大義、家國一體的博大情懷基礎上〔註 21〕。同樣是鄉下進城的農村少女，《體育皇后》（1934）的女主人公（以及與之相戀

意識和階級意識的體現與宣傳──以聯華影業公司 1933 年出品的左翼電影〈天明〉為例》（載《杭州師範大學學報》2008 年第 2 期），其完全版和未刪節（配圖）版，先後收入拙著《黑白膠片的文化時態──1922～1936 年中國早期電影現存文本讀解》和《黑馬甲：民國時代的左翼電影──1932～1937 年現存中國電影文本讀解》；我對這部影片的最新意見，祈參見拙作：《〈天明〉：政治貞潔與肉身貞潔──左翼電影模式的基礎性延展》（載《汕頭大學學報》2018 年第 8 期）。

〔註 19〕《母性之光》（故事片，黑白，無聲），聯華影業公司 1933 年出品；原作：田漢；編劇、導演：卜萬蒼。我對這部影片的具體意見，祈參見拙作：《20 世紀30 年代中國電影市場和商業製作模式制約下的左翼電影──以〈母性之光〉為例》（載《杭州師範大學學報》2008 年第 4 期），其完全版和未刪節（配圖）版，先後收入拙著《黑白膠片的文化時態──1922～1936 年中國早期電影現存文本讀解》和《黑馬甲：民國時代的左翼電影──1932～1937 年現存中國電影文本讀解》；我對這部影片的最新意見，祈參見拙作：《左翼電影的階級性及其倫理模式──〈母性之光〉（1933）再讀解》（載《汕頭大學學報》2019年第 2 期，中國人民大學書報資料中心《複印報刊資料》2019 年第 8 期《影視藝術》全文轉載）。

〔註 20〕《小玩意》（故事片，黑白，無聲），聯華影業公司 1933 年出品；編劇、導演：孫瑜。我對這部影片的具體意見，祈參見拙作：《民族主義立場的激進表達和藝術的超常發揮──對聯華影業公司 1933 年出品的〈小玩意〉的當下讀解》（載《汕頭大學學報》2008 年第 5 期），其完全版和其未刪節（配圖）版，先後收入拙著《黑白膠片的文化時態──1922～1936 年中國早期電影現存文本讀解》和《黑馬甲：民國時代的左翼電影──1932～1937 年現存中國電影文本讀解》；我對這部影片的最新意見，祈參見拙作：《舊市民電影形態與左翼電影的新主題──再讀〈小玩意〉（1933）》（載《學術界》2018 年第 5 期，中國人民大學書報資料中心《複印報刊資料》2018 年第 8 期《影視藝術》全文轉載）。

〔註 21〕《惡鄰》（故事片，黑白，無聲），月明影片公司 1933 年出品；編劇、說明：李法西；導演：任彭年。我對這部影片具體意見的完全版和未刪節（配圖）版，先後收入拙著《黑白膠片的文化時態──1922～1936 年中國早期電影現存文本讀解》和《黑馬甲：民國時代的左翼電影──1932～1937 年現存中國電影文本讀解》；其修訂版，祈參見拙作：《由武俠片強行轉換而來的左翼電影──再讀 1933 年的〈惡鄰〉》（載《玉溪師範學院學報》2018 年第 6 期）。

的男主人公）既唾棄金錢又鄙棄錦標〔註22〕。還是來自鄉下的女農民工，《大路》（1934）中的女主人公，不僅與男民工們一起與漢奸鬥智鬥勇，最後還共同為國捐軀。〔註23〕

作為一個貧窮的單親母親，《新女性》（1934）中的女主人公因為不肯賣身流俗，不得不掙扎在死亡邊緣〔註24〕。即使身為最底層的性工作者，《神女》（1934）的女主人公是一個好妻子，更是一個好母親──為了兒子的前途，不得已打死了讓她希望破滅的流氓丈夫〔註25〕。《桃李劫》（1934）的女主人公，寧可失去工作並因此貧病而死，也不接受被經理的潛規則。〔註26〕

〔註22〕《體育皇后》（故事片，黑白，無聲），聯華影業公司 1934 年出品；編劇、導演：孫瑜。我對這部影片的具體意見，祈參見拙作：《對市民電影傳統模式的借用和新知識分子審美情趣的體現──從〈體育皇后〉讀解中國左翼電影在 1934 年的變化》（載《浙江傳媒學院學報》2008 年第 5 期），其完全版和未刪節（配圖）版，先後收入拙著《黑白膠片的文化時態──1922～1936 年中國早期電影現存文本讀解》和《黑馬甲：民國時代的左翼電影──1932～1937 年現存中國電影文本讀解》；我對這部影片的最新意見，祈參見拙作：《左翼電影的思想性及其反世俗性──二讀〈體育皇后〉（1934 年）》（載《信陽師範學院學報》2019 年第 5 期）。

〔註23〕《大路》（故事片，黑白，配音），聯華影業公司 1934 年出品；編劇、導演：孫瑜。我對這部影片的具體意見，祈參見拙作：《左翼電影製作模式的硬化與知識分子視角的變更──從聯華影業公司出品的〈大路〉看 1934 年左翼電影的變化》（載《蘇州科技學院學報》2008 年第 2 期），其完全版和未刪節（配圖）版，先後收入拙著《黑白膠片的文化時態──1922～1936 年中國早期電影現存文本讀解》和《黑馬甲：民國時代的左翼電影──1932～1937 年現存中國電影文本讀解》，敬請參閱。

〔註24〕《新女性》（故事片，黑白，配音），聯華影業公司 1934 年出品；編劇：孫師毅；導演：蔡楚生。我對這部影片的具體意見，祈參見拙作：《變化中的左翼電影：左翼理念與舊市民電影結構性元素的新舊組合──以聯華影業公司〈新女性〉為例》（載《中文自學指導》2008 年第 3 期），其完全版和未刪節（配圖）版，先後收入拙著《黑白膠片的文化時態──1922～1936 年中國早期電影現存文本讀解》和《黑馬甲：民國時代的左翼電影──1932～1937 年現存中國電影文本讀解》，敬請參閱。

〔註25〕《神女》（故事片，黑白，無聲），聯華影業公司 1934 年出品；編劇、導演：吳永剛。我對這部影片的具體意見，祈參見拙作：《城市意識與左翼電影視角中的性工作者形象──1934 年無聲影片〈神女〉的當下讀解》（載《上海文化》2008 年第 5 期），其完全版和未刪節（配圖）版，先後收入拙著《黑白膠片的文化時態──1922～1936 年中國早期電影現存文本讀解》和《黑馬甲：民國時代的左翼電影──1932～1937 年現存中國電影文本讀解》，敬請參閱。

〔註26〕《桃李劫》（故事片，黑白，有聲），電通影片公司 1934 年出品；編劇、導演：應雲衛。我對這部影片的具體意見，祈參見拙作：《電影〈桃李劫〉散論──

寅、新市民電影中的女主人公

　　如果說，對家庭、婚姻倫理題材的處理，尤其是女性人物形象的道德站位上，左翼電影的特徵首先是無不帶有鮮明的階級性指向或曰革命性的道德色彩，所謂傳統的品質並不在其優先考量範圍之內的話，那麼，一年以後即1933 年出現的新市民電影，就表現出與左翼電影有一定聯繫，但又截然不同的本質特徵。所謂新市民電影，就是有條件地抽取、借助左翼電影的思想元素並將其轉化為**市場賣點**[23]、**側重都市文化消費和庸常哲理**，以獲取更大的市場份額[24]。

　　與舊市民電影相比，新市民電影的新，體現在對現實人生和當下社會面貌的即時反映上；與左翼電影相比，新市民電影缺乏或不具備左翼電影激進的社會批判立場和革命暴力，相對保守、溫和。如果說，以噱頭、打鬥和鬧劇為核心元素，以社會教化為主題、以婚姻家庭和武俠神怪為主要題材的舊市民電影，可以用主題通俗、題材庸俗、形式低俗的「三俗」概括，那麼，左翼電影就是「三性」（階級性、暴力性、宣傳性），而新市民電影則是具有在思想、技術和時尚品味等方面的「三投機」品質。

批判性、階級性、暴力性與藝術樸素性之共存》（載《寧波大學學報》2008 年第 2 期），其完全版和未刪節（配圖）版，先後收入拙著《黑白膠片的文化時態──1922～1936 年中國早期電影現存文本讀解》和《黑馬甲：民國時代的左翼電影──1932～1937 年現存中國電影文本讀解》，敬請參閱。

If I leave, we'll still love each other.

　　新市民電影出現的標誌，是明星影片公司 1933 年出品的有聲片《姊妹花》。作為有聲片時代的第一部國產高票房電影紀錄的創造者，《姊妹花》借用正處於高潮期的左翼電影的階級性來塑造人物、推進情節，但其衝突、矛盾的解決不是以階級性來決定錯對、高下，而是以超階級性的人性含混收場：如果說，女主人公「飢寒起盜心」的行為源自階級性，那麼，她對親情的認同，則是人性本能的體現。〔註 27〕

　　再譬如《脂粉市場》（1933），女主人公對公司上層潛規則的反感和抗拒，看似源於像左翼電影那樣出於對有錢階級的仇恨和女性獨立的新觀念，其實更多的是得益於傳統道德的塑造之力——所以我才說影片是「新技術、新路線、新思想，舊觀念」的混合產物〔註 28〕。而《女兒經》（1934）之所以是依託舊電影即舊市民電影的新電影，是因為它的「新賣點」：八個女性形象，無

〔註 27〕《姊妹花》（故事片，黑白，有聲），明星影片公司 1933 年出品；編劇、導演：
　　　　鄭正秋。我對這部影片的具體意見，祈參見拙作：《雅、俗文化互滲背景下的
　　　　〈姊妹花〉》（載《當代電影》2008 年第 5 期），其完全版和未刪節（配圖）
　　　　版，先後收入拙著《黑白膠片的文化時態——1922～1936 年中國早期電影現
　　　　存文本讀解》和《黑皮鞋：抗戰爆發前的新市民電影——1933～1937 年現存
　　　　中國電影文本讀解》（臺灣花木蘭文化出版社 2016 年版），敬請參閱。
〔註 28〕《脂粉市場》（故事片，黑白，有聲），明星影片公司 1933 年出品；編劇：丁
　　　　謙平【夏衍】；導演：張石川。我對這部影片的具體意見，祈參見拙作：《〈脂
　　　　粉市場〉（1933 年）：　謝絕深度，保持平面——1930 年代中國新市民電影讀
　　　　解之一》（載《長江師範學院學報》2008 年第 5 期），其完全版和未刪節（配
　　　　圖）版，先後收入拙著《黑白膠片的文化時態——1922～1936 年中國早期電
　　　　影現存文本讀解》和《黑皮鞋：抗戰爆發前的新市民電影——1933～1937 年
　　　　現存中國電影文本讀解》，敬請參閱。

論新潮女性還是舊式婦女，在經歷了一系列的道德檢索之後，最終統一於女主人公充滿時代感的宏大說教名下。〔註29〕

　　有聲片時代的第二部高票房電影《漁光曲》（1934），與其說是用超階級的人性觀照鋪設情節、化解矛盾，不如說，女主人公的道德品質更多地源自傳統而不是新的階級理念──姨太太的糜爛私生活更反襯出女主人公的純潔情操。〔註30〕

卯、《歸來》中的女主人公

　　《歸來》中女主人公，品貌兼優（「德藝雙馨」）。何以證明？丈夫聽從公公的指派出遠門她絕不反對，而是安心在家侍奉老人，是為孝順。一般來說，舊式大家庭的姑嫂關係很難處理得好，但影片刻意表明小姑和她的關係特別好，好到自己的哥哥帶了洋嫂子回來後，小姑子堅定地站在嫂嫂這一方。無

〔註29〕《女兒經》（故事片，黑白，有聲），明星影片公司1934年出品；編劇：編劇委員會；導演：李萍倩、程步高、姚蘇鳳、吳村、陳鏗然、沈西苓、徐欣夫、鄭正秋、張石川。我對這部影片的具體意見，祈參見拙著《黑白膠片的文化時態──1922～1936年中國早期電影現存文本讀解》之第25章：《以舊市民電影為依託、以左翼元素為賣點的有聲大片──〈女兒經〉（1933年）：新市民電影樣本讀解之三》，其未刪節版（配圖）收入拙著《黑皮鞋：抗戰爆發前的新市民電影──1933～1937年現存中國電影文本讀解》，敬請參閱。

〔註30〕《漁光曲》（故事片，黑白，配音，殘片），聯華影業公司1934年出品；編劇、導演：蔡楚生。我對這部影片的最新意見，祈參見拙作：《新市民電影：超階級的人性觀照和新電影視聽模式的構建──配音片〈漁光曲〉（1934年）再讀解》（載《電影評介》2016年第18期）。

論逃難還是在家，孩子和公公永遠是比她自己生命還重要的東西；當丈夫帶
了新太太回來之後，她先是聲明當人家的「妹妹」，隨後又主動讓出妻子的名
分和位置。

　　然而，有一點女主人公絕不退讓，那就是孩子母親的位置。為了不打擾
丈夫和新太太的婚姻生活，她可以搬到一個連下人都認為不宜居住的地方；
她之所以一再冒著風險晚上偷偷跑回去探望兒子，是因為不想讓後媽取代親
媽——這與其說是女主人公的行為意識，不如說是編導思想的灌注。因此，
在《歸來》中所展示的家庭矛盾和倫理衝突當中，你會發現中國妻子始終佔
據道德高位。

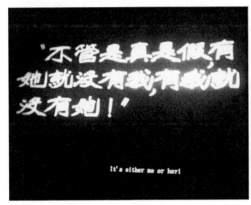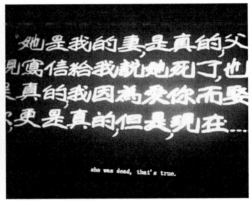

　　更重要的是，女主人公的孝順、「讓賢」，以及對幼子的關愛，與以往的
以及同時期電影中女性形象美好道德品質有絕大的不同。因為，無論是舊市
民電影中的忍讓、左翼電影中的鬥爭，還是新市民電影中的機心，都不同於
《歸來》：丈夫的再婚，固然是不知道原配尚且健在，固然是出於從同病相憐
生發而來的愛情而不是胡搞或苟且，問題是，這個新娶的太太是外國女人。
這就是為什麼同樣是家庭婚姻倫理的題材和主題，但《歸來》卻絕不屬於舊
市民電影、左翼電影和新市民電影形態的根本原因。

　　在編導看來，和原配的婚姻自然值得肯定、原配好品德自然值得歌頌，
因為這屬於傳統倫理認可和彰顯的範疇，但若是中外婚姻，性質就變得絕然
不同。影片中男女主人公的取捨，其實與具體男、女人事及其好、壞無關（雖
然丈夫與原配，尤其是外國太太都是好人做好事），而是編導用來指涉、代表
中外文化的衝突和價值取捨：外來文化固然有不錯的地方，尤其是甘願依附
本土文化的時候，但是，中國傳統文化才是值得保留發揚的，蓋其倫理道德
具有天然的優越性和不可分割的血肉相依屬性。

因此，《歸來》的震撼之力不在煽情，而在道德形象及其背後的文化內驅力。

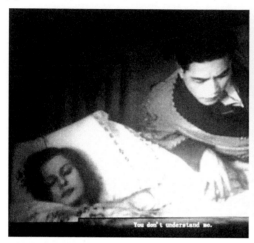

丙、結語

如果把考察範圍擴展到除了《歸來》之外的其他文本就會發現，從1930年聯華影業公司成立，到1937年被新「聯華」正式取代，《歸來》的主題思想、價值判斷與道德選擇，始終體現於編導朱石麟的創作歷程當中——同時，在1936年被新股東逐出公司之前[14]P457~458，「聯華」靈魂人物和主腦之一的羅明佑，始終在電影指導思想和文化價值選擇上與朱石麟多有一致[14]P457~458——而從1930年代，直到1960年代，即便跨越了1949年的關口，南下香港的朱石麟，其絕大部分作品，都沒有脫離從家庭倫理範疇出發維繫中國傳統文化和道德站位的努力。

在我對1938年之前中國電影歷史形態的表述體系中，舊市民電影和新市民電影的共同特徵，是在主題思想上尊重、維護社會主流價值觀念和文化理念，證據之一就是喜劇化的藝術處理尤其是大團圓結局模式。二者的不同之處在於，新市民電影對社會現實雖然持保守立場但不無針砭——這源自對左翼電影思想元素有條件的抽取借用，而舊市民電影對社會現實尤其是當下幾乎全無批判：幾乎是舊有傳統、理念的影像再現，所以基本不觸及任何社會體制的底線／「紅線」。因此，舊市民電影與現實可以是脫節的，譬如很多故事放在什麼時代、背景下都能成立，無論古今、無論鄉村或城市。

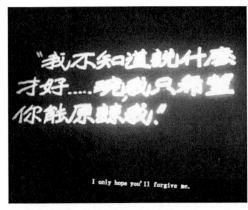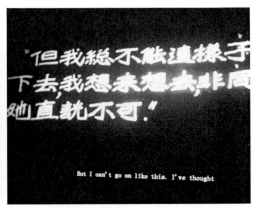

　　如果說，左翼電影的批判否定既針對現實也針對傳統，無論故事背景是鄉村還是城市，其階級性、暴力性、宣傳性始終鮮明並用以指導人物、情節、結局，進而為其激進的社會批判立場服務的話，那麼，1934 年出現的國粹電影（我前些年稱之為新民族主義電影），則是既反對左翼電影激進的社會革命立場和階級鬥爭、暴力革命理念，也反對新市民電影鮮明的都市娛樂和文化消費製片路線。如果說，新、舊市民電影基本是喜劇呈現，那麼，左翼電影和國粹電影，則幾乎都以悲劇或正劇收束全片——這是其主題思想的沉重性所決定的。

　　就《歸來》而言，顧家的家庭悲劇造成，既不是男女兩性的原因，也不單純是社會原因，而是民族性的、文化性的原因。譬如，導致顧家逃難、妻兒失散的那場戰爭，影片中非常明確地出現了「九·一八」的字樣——直面當時中國社會最為嚴重的民族危亡問題，即日本侵華戰爭。這是顧家一中一西兩位太太一室難安悲劇的根源，由此才有傳統和文化的劫難及其解決方案。

　　影片之所以名曰《歸來》，看上去講的是原配回歸其作為妻子、慈母原有的道德高位，其實是編導在傳統文化背景下，面對嚴酷現實，對家庭宗法倫理的道德強調，進而給出價值理念層面的文化指南。所以，《歸來》既不屬於舊市民電影或新市民電影形態，也不能歸於左翼電影序列，只能是國粹電影——但是，這一文本的得來殊為不易。〔註31〕。

〔註31〕中國早期電影拷貝，除了劇本或劇照，大多都淪落在歷史深處無從得見，幸存的一小部分被封存在大陸官方的電影資料館中，包括專業研究者在內的民眾無從得見。譬如，中國電影藝術研究中心專業人士公開表示：「現在我們能夠看到的 1949 年以前的中國電影只有二百多部。……中國電影資料館現存的 1949 年前的中國電影應該在 380～390 部左右。也就是說，加上殘缺不全的和不能放映的，至少還有 100 部以上的電影可以挖掘」[25]。所以，有研究者一再呼籲：「資料開放，資源共享！」[26]

丁、多餘的話

子、「距離產生美」

十幾年來，我對現存的、1949年前的幾十部電影的觀摩和研究，看的都是 VCD 或 DVD 版視頻。這次看《歸來》，我在現場看的是膠片修復版──這種機會很少。所以，膠片版上出現的劃痕、閃光、明暗對比的失調等，在旁人看來是缺憾甚至是不能容忍的現象，但對我來說已然不足為奇，甚至有頗感親切的心得。

因為，我看的那些 VCD 和 DVD，其視覺效果大部分比這個不知差多少。所以一方面，我已相當滿意，膠片畢竟是畫面清晰。另一方面，總覺得民國電影就應該有那個氣質和格調，太新了，反覺匠氣、俗不可耐。霧裏看花、水中望月，幻象可能更美。

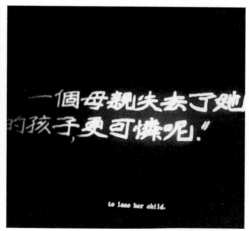

丑、倫理與愛情

我對顧彬娶的那個叫黛娜的外國女人的身份，始終很是懷疑。因為，從電影「本事」的介紹來看，他是出外經商[21]，並沒有去到外國。所以他和黛娜相遇相識的那個地方，很可能就是東北有「東方小巴黎」之稱的哈爾濱。當時那個城市聚集著很多蘇聯「十月革命」前後逃出來的白俄，尤其是貴族。而且，黛娜的媽媽怎麼看都像是典型的俄羅斯老太太，黛娜本人更是典型的歐洲俏麗女子相貌，雖然影片並沒有更多的明確交代。

這其實是影片刻意模糊的一點，無非是想用中西文化來作對比，強調人情人性相同——外國媳婦同樣思念自己的祖國和母親，這也是她最終選擇回到母親身邊的直接原因。進而強調顧彬的兒女尤其是小兒子既離不開自己的生身母親，也不能接受外來的「母親」／後媽。顯然，這種強調和對比的結果是顯示中土文化的悠久和強大。單從這一點，就可以看出家庭倫理殘酷性的一面，即對愛情的排斥態度。

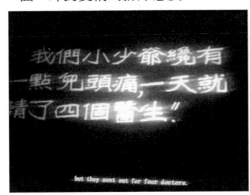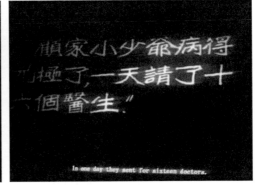

寅、黎鏗與阮玲玉

《歸來》和《神女》的攝製都是 1934 年（兩片的時間是先後關係[14]P608~609），飾演媽媽的女主演都是阮玲玉，飾演兒子的都是出品方「聯華」公司首腦之一黎民偉的六子黎鏗。從扮相和表演上，黎鏗在《歸來》中年紀顯得特別小，憨態可掬，但到了《神女》中，黎鏗似乎長開了——這與他兩個片子中不同的戲份有關。

與此相關的，看過現存的、公眾可以看到的影片就會發現，阮玲玉的確以扮演賢妻良母見長，而這種我稱之為「阮式招牌」的表演，就表演風格而言的確給人以模式化的感受，尤其是她的苦瓜臉式的一笑——話說回來，也只有她才能造就這種效果，譬如《歸來》中她坐在床上的孤苦狀。

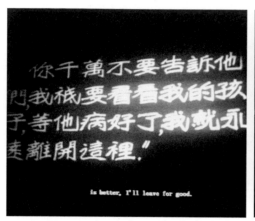 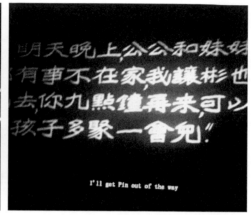

卯、鄉土與中國

這十幾年來，每次**翻**看這些上世紀二、三十年代老舊影片的時候，我都有許多感慨，看《歸來》也是如此。這些片子的外景，都會在經意不經意之間，留下來當時中國社會親切感人的風貌。

譬如《歸來》中，女主人公躲藏在一個破爛的地方，即底層民眾的棲身之所，有一個一個人坐在地上搓草繩編筐的鏡頭。顯然這是南方的手藝，不是北方的；北方是用很傻很粗的柳條直接編，這個是用一捆草。**而勞作者就坐在草上邊，編的時候一會兒從屁股底下抽出一根來，感覺真好，（相比現在城裏的環保購物袋之類的材質和用品，這個才是真正的環保）。**

又譬如，顧彬和洋太太在火車上那場戲，應該是實拍，從畫面一角可以看到窗外的風景，還有空鏡中的鄉村景象。1980年代和1990年代初，我還能在跨越大江南北的火車上看到類似景象，並且很容易讓人聯想到作家郁達夫描繪的景色、風味和感受──現在基本沒有了，原生態的田園風光基本上被**損毀殆盡**。〔註32〕

〔註32〕本章文字的主體部分（不包括丁、多餘的話）約16000字，最初曾以《新舊電影中女主人公的道德站位──兼析1934年的國粹電影〈歸來〉》為題，先行發表於《學術界》2019年第3期（合肥，單月刊；責任編輯：李本紅）。此次輯入，增補和校訂之處均以黑體標識；沒有圖片說明的插圖，均源自膠片修復版公映現場拍攝的影片畫面。特此申明。

初稿時間：2010 年 12 月 11 日

初稿錄入：聶琦、喬月震

二稿時間：2012 年 3 月 30 日

三稿時間：2017 年 10 月 20 日～30 日

四稿時間：2018 年 7 月 28 日～12 月 17 日

五稿修訂：2019 年 1 月 11 日～11 月 11 日

圖文校訂：2020 年 4 月 16 日～17 日

圖文再校：2021 年 4 月 30 日～5 月 1 日

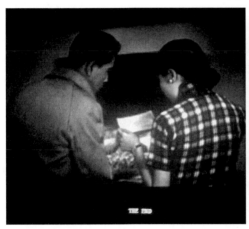 

參考文獻

〔1〕廣告〔N〕，上海：申報，1934-1-16（11），第 21824 期。

〔2〕廣告〔N〕，上海：申報，1934-2-7（23），第 21846 期。

〔3〕廣告〔N〕，上海：申報，1934-2-8（23），第 21847 期。

〔4〕廣告〔N〕，上海：申報，1934-2-17（32），第 21850 期。

〔5〕廣告〔N〕，上海：申報，1934-2-20（29），第 21853 期。

〔6〕廣告〔N〕，上海：申報，1934-2-21（24），第 21854 期。

〔7〕廣告〔N〕，上海：申報，1934-2-22（24），第 21855 期。

〔8〕廣告〔N〕，上海：申報，1934-2-24（25），第 21857 期。

〔9〕廣告〔N〕，上海：申報，1934-2-25（26），第 21858 期。

〔10〕廣告〔N〕，上海：申報，1934-2-27（23），第 21860 期。

〔11〕廣告〔N〕，上海：申報，1934-3-4（25），第 21865 期。

〔12〕廣告〔N〕，上海：申報，1934-3-7（24），第 21868 期

〔13〕廣告〔N〕，上海：申報，1934-6-15（29），第 21966 期。

〔14〕程季華，中國電影發展史：第 1 卷〔M〕，北京：中國電影出版社，1963。

〔15〕羅明佑：編制《故都春夢》宣言〔J〕，上海：影戲雜誌，第 1 卷第七、八期合刊（1930 年 1 月出版）。

〔16〕酈蘇元，胡菊彬，中國無聲電影史〔M〕，北京：中國電影出版社，1996。

〔17〕李道新，中國電影文化史（1905～2004）〔M〕.北京：北京大學出版社 2005：204～205。

〔18〕李道新，倫理訴求與國族想像——朱石麟早期電影的精神走向及其文化含義〔J〕，北京：當代電影，2005（5）：35。

〔19〕盤劍，傳統文化立場與現代經營意識——論朱石麟「聯華時期」的電影創作〔J〕，北京：當代電影，2005（5）：41。

〔20〕陳墨，早期朱石麟電影中的家、國、時代與人〔J〕，北京：當代電影，2008（5）：74。

〔21〕《〈歸來〉本事》，中國無聲電影劇本：下卷〔M〕，北京：中國電影出版社，1996：2801。

〔22〕紫雨，新的電影之現實諸問題〔N〕，北京：晨報「每日電影」，1932-8-16//陳播，三十年代中國電影評論文選〔M〕，北京：中國電影出版社，1993：586。

〔23〕袁慶豐，1922～1936 年中國國產電影之流變——以現存的、公眾可以看到的文本作為實證支撐〔J〕，合肥：學術界，2009（5）：245～253。

〔24〕袁慶豐，讀解文本：中國早期電影的實證研究與影史重建〔M〕，影視文化（第 8 期），北京：中國電影出版社，2013：111～117。

〔25〕饒曙光，關於深化中國電影史研究的斷想〔J〕，北京：當代電影，2009（4）：72。

〔26〕酈蘇元，走近電影，走近歷史〔J〕，北京：當代電影，2009（4）：63。

The Moral Position of the Heroine in the New and Old Films：Analysis on The New National Film Return in 1934

Read Guide: Themes and genres are confined to family ethics, marriage and love, as well as the typical martial arts and magic of the Traditional Film. Most heroines are morally flawed or even sexually original sin, or in a low moral position. Almost all the heroines in the left-wing films are from the bottom of the society. Even as sex workers, they are of noble moral character. They are not only concerned about the country, the people and the nation, but also despise money, fame and wealth, and do selfless dedication. All of them have distinct class orientation or revolutionary moral glory. In new citizen films extracting ideological elements from left-wing film, the heroines embody more human nature beyond class and moral sentiment in line with the trend of the new era. The reason why *Return* is a quintessence Chinese film seems that the heroine, as the first wife, returns to the original moral high position as a wife and a mother. In fact, it is a moral guide emphasizing moral of family and ethics, given by the director, in the face of harsh reality, in the context of the traditional Chinese culture, in the collision of Chinese and Western cultures.

Keywords: moral position; Chinese Traditional Film; Left-wing Films; New Citizen Film; The New National Film; Zhu Shilin;

but she'd never kill herself.

第貳章 《國風》(1935年)——官方政治話語對1930年代電影製作的介入及其藝術轉達

圖片說明：中國大陸市場銷售的《國風》DVD碟片包裝之封面（左）、封底照。（圖片攝影：姜菲）

閱讀指要：

　　編導大概也已經意識到語言說教的蒼白和沒有力量，所以，為了說明城市文化對農耕文明和傳統文化的毀壞如同洪水猛獸一般，影片中竟然真的就出現了迎面撲

來的老虎和滔滔湧來的洪水的畫面；更荒唐的是，當姐妹倆共爭一個愛人的時候，姐姐遵循的是孔融讓梨的風範，等妹妹日久生厭另結新歡之後，又安排「梨」（離）人回歸。《國風》對「新生活運動」的捲入和主動配合，無論是從投資人和製片方的民營企業角度，還是從持有相同文化價值理念認同的角度，羅明佑的做法本身都無可非議。但影片的主旋律已經將影片倒置為主旋律電影，即將民族主義的傳統文化價值理念與官方主導的意識形態宣傳合而為一，尤其是影片中居高臨下的說教口吻和話語表達實在難免讓人詬病。至於影片與政府提倡的「新生活運動」之間的關係，應該被看作是二者在文化建設理念上的重合。

關鍵詞：反動；民族主義；羅明佑；城市文化；主旋律；新生活運動

專業鏈接 1：《國風》（故事片，黑白，無聲），聯華影業公司 1935 年出品。

　　　　DVD（單碟），時長 94 分鐘。（峨嵋電影廠音像出版社出版發行，

　　　　廣東天人影音傳播有限公司經銷）。

　　　　〉〉〉編劇：羅明佑；聯合導演：羅明佑、朱石麟；攝影：洪偉烈。

　　　　〉〉〉主演：林楚楚（飾母親張校長）、阮玲玉（飾大女兒張蘭）、

　　　　黎莉莉（飾二女兒張桃）、鄭君里（飾張蘭未婚夫陳

　　　　佐）、羅朋（飾張桃男友許伯揚）。

專業鏈接 2：原片片頭及演職員表字幕（以原有格式錄入）

聯華影業公司出品

國　風

監製、編劇：羅明佑

聯合導演：羅明佑、朱石麟

製片主任：黎民偉

攝　影：洪偉烈

布　景：張漢臣

劇　務：邢少梅

演員表

阮玲玉

林楚楚

黎莉莉

鄭君里

羅　朋

劉繼群

洪警鈴

黃筠貞

徐　雯

龍智華

誌哀

此片為阮玲玉女士在本公司服務最後作品，一代藝人，從此永逝，謹就片端，特致哀敬。

專業鏈接 3：影片鏡頭統計

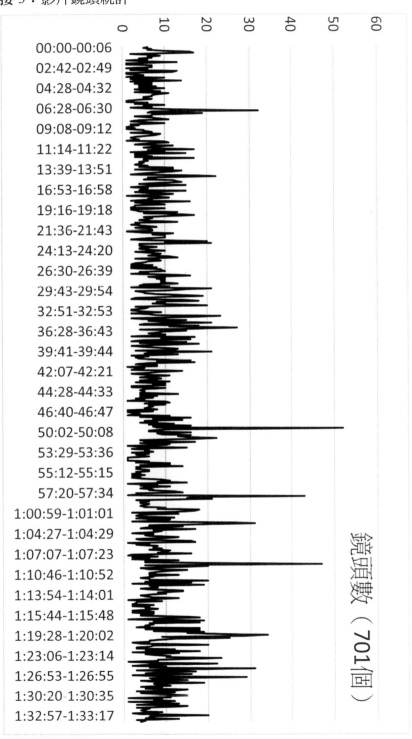

說明：《國風》全片時長 94 分鐘，共 701 個鏡頭。其中：

甲、小於和等於 5 秒的鏡頭 281 個、大於 5 秒小於和等於 10 秒的鏡頭 246 個、大於 10 秒小於和等於 15 秒的鏡頭 100 個、大於 15 秒小於和等於 20 秒的鏡頭 50 個、大於 20 小於和等於 25 秒的鏡頭 12 個、大於 25 秒小於和等於 30 秒的鏡頭 5 個、大於 30 秒小於和等於 35 秒的鏡頭 4 個、大於 35 秒小於和等於 40 的鏡頭 0 個、大於 40 秒小於和等於 45 秒的鏡頭 1 個、大於 45 秒小於和等於 50 秒的鏡頭 1 個、大於 50 秒小於和等於 55 秒的鏡頭 1 個、大於 55 秒的鏡頭 0 個。

乙、片頭鏡頭 8 個，字幕鏡頭 148 個（其中：演員表鏡頭 1 個）。

丙、固定鏡頭 439 個，運動鏡頭 81 個。

丁、遠景鏡頭 17 個，全景鏡頭 103 個，中景鏡頭 150 個，近景鏡頭 160 個，特寫鏡頭 99 個。

（數據統計與圖表製作：王歆婷；複核：王宇豪）

專業鏈接 4：影片經典字幕與臺詞（字幕）選輯

「諸生這屆畢業之後，預備怎樣選擇你們的前程呢？升學呢？結婚呢？還是當教員呢？如果環境許可，當然是升學最好，結婚本是人類應有的事，但不要單以讀書畢業，作為提高擇偶的條件，而置國家社會於腦後。諸生現在總算受到了中等教育，但要知道：國家教育你們，培植你們，同時也需要你們……」。

「妹妹，我想當小學教員也是一件很有意義的事業，你瞧表哥不也是一個小學教員嗎？」——「不！我不當小學教員，怪清苦的！」

「姐姐，我不瞞你說，我是很愛表哥的……表哥也一定愛我的，不過不好意思表示罷了，姐姐，成全我們罷」——「……但是……我知道表哥是不

會答應和你結婚的」──「嫁不了表哥我就會死！」──「妹妹，不要這樣，我愛你比愛我自己還重，為你的一生幸福計，我一定成全你」──「這就是我的好姐姐啊」。

「你的事我和媽說過了，媽是贊成的，表哥對你也相當滿意，不過你太愛打扮，怕他有點反對」──「我不信世界上有不喜歡女人打扮的男子」──「男子喜歡女子打扮，是把女子當作玩物，那是一種侮辱。表哥不是那種人，你愛他，你就該摒棄脂粉，還要把態度改莊重些」。

「伯揚，你自從中學畢業以後，關在家裏也怪悶的，我想把你送到上海進大學念書去」──「上海……好繁華的地方啊！」

「你老是反對我出去玩，又不許我擦粉，你瞧瞧她們！」──「我們是鄉下人，她們是城裏人，她們太奢侈了，太摩登了，我們不要學她！」──「姐姐，你常常發這種腐化的論調，把同學都得罪完了」──「如果中國所有的鄉下人都學了城裏的摩登人物，把節儉勤勞的美德，全都丟棄了，那就非亡國不可！」

「旅行固然是好事，但去得太多了，未免荒廢學業，並且我們窮學生也去不起」。

「兒子到上海去了兩年，到底學問高深了，寫的信我看不懂，還是你看罷」──「他說他很用功，常常考第一……又要錢用……還有一張照片……」──「你瞧！我們兒子多漂亮，怪道人家都說他像娘」。

「近來從鄉村到城市讀書的學生，他們接受了高等教育，同時也習慣了高等享受，畢業之後，回到鄉下，就給予鄉下的父母一個大大的難題……那些新青年的父母們，要滿足子女的欲望罷，就得破產，要加以約束罷，就立刻受到反抗。這種現象，已漸漸普通到窮鄉僻壤間……所以我們應該要有毅力來克服環境，而不要被惡劣環境所支配，我們要做一個役於人的高等國民，不要做一個役人的高等游民」。

「妹妹，我不能再忍耐了，我要你和許伯揚立刻斷絕往來！」──「斷絕往來？哼！我還打算嫁他呢」──「為了供給你的學費，表哥快要破產了，你就這樣狠心對待他？並且，你不是非常愛他的嗎？」──「我快是一個大學畢業生了，我的知識進步了，我的地位增高了，我的環境變更了，我當然不能像從前那樣的容易滿足」──「妹妹，表哥雖然是一個小學教員，但論學問人格，許伯揚決不及他」──「不要你管！你說表哥好，你嫁給他好了」。

「我報告一個驚人的消息，女聖人張蘭向許伯揚求婚，給老許拒絕了」
──「一個女子向男人開口求婚，已經夠羞恥的了，還要碰釘子，女聖人真替我們女子丟臉」──「張蘭不是這種人，一定是老許造謠」──「老許也不是個好東西，你們別信他」──「不管造謠不造謠，張蘭這傢夥，也太討厭了，一副不開胃的面孔，動不動就教訓人，這回我們有報復的機會了」──「不錯，你的話痛快極了，她今天有把柄落在我們手裏，我們就要出這一口氣！」

「妹妹，你要知道，人生有兩條門路，到滅亡的門，是寬的，路是大的，進去的人也多，到真理的門，是窄的，路是小的，找著的人也少」。

「在我們鄉下，女人這樣晚才回家，你是第一個！」──「在我們鄉下，女人先提出離婚的，我也是第一個！」──「我也很明白……我現在是沒有資格和能力來做你的丈夫了……但是……」──「但是什麼？你怕社會的譏笑，母親的反對嗎？這些問題都不是我們現代青年所該顧慮的」。

「本校對於許張兩位新教員，本來期望很殷，原想靠他們的新學識，提高諸生的功課程度……但是失望得很，這兩個月來，諸生的功課程度並未提高，所提高的，卻是諸生的生活奢侈化，行為浪漫化……讀書之目的在做人，諸生將來做人之目的，是要服務國家，造福人群呢？還是做小姐，當花瓶，甘為社會的寄生蟲呢？諸生要知道：近來工商凋敝，農村破產，我們全縣十萬女子，都在飢寒交迫之下，只有你們百數十人得受中等教育。諸生啊，還不努力求學，怎對得起國家社會！」

奢風浪習有如洪水猛獸

「諸位，我們城鄉千百年來，就靠大家節儉勤勞，維持到今天，現在呢？自己的生產力日見減退，消耗費日見增加，全城破產，即在眼前。在這國難當頭，遍地都是飢荒災亂的時候，我們還有心思去濃妝艷抹，摩登浪漫，來刺激那些飢寒困苦的同胞嗎？我們都曉得修飾自己的外貌，使其整潔，怎麼不知道擴清一下內心的淫邪污穢呢？我們簡直像個死人墳墓，外貌富麗堂皇，內容是一堆朽骨。我們不是整天喊著婦女解放，提高女權嗎？為什麼又油頭粉臉，甘居玩物呢？我們要立刻警醒，將打扮的時間，用在服務社會的工作，將裝修的財力，用在建設的事業，然後國家民族，才得有救。我們要立剋實習新生活，用禮義廉恥來修飾我們的內心，用真理公義來潔淨我們的靈魂，讓我們重生一個新生命！」

提倡禮義廉恥！

主張真理公義！

實行新生活！

打倒奢侈浪漫！

「以前種種，譬如昨日死，以後我們實行新生活，重生一個新生命」——「桃妹真勇於改過，她和許伯揚前天同到江村去當小學教員了，她說要深入農村，實行新生活的運動呢」。

「現在我的人生觀改變了，我覺得家庭之愛而外，還有更偉大的愛，這偉大的愛，是要在家庭以外尋求的，這就是我們的教育職責啊」——「那麼你因為要服務教育事業，就終身不結婚了嗎？」——「不是，我的意思是要等待數年再談婚事，佐哥，我們不要把愛情佔據了全部的人生啊。」

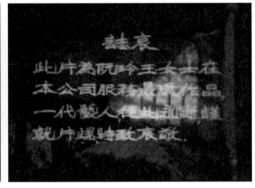

專業鏈接 5：影片觀賞推薦指數：★★☆☆☆

專業鏈接 6：影片學術價值指數：★★★★★

甲、前面的話

　　現存的、出品於 1935 年的國產影片，一共有六部。但是公眾能看到的，只有五部：即聯華影業公司出品的無聲片《國風》〔註1〕、配音片《天倫》

〔註 1〕《國風》是我正式開始討論的前一天，才知道此 DVD 碟片可以在中國大陸的市面上買到（但奇怪的是，人們比較熟悉的「俏佳人」系列中沒有這部影片的 VCD 版本）。在中國大陸 1949 年以後形成的意識形態話語體系中，那些被官方欽定為「反動」的人物、事件，包括「反動」這個詞組（例如反動派、反動作品、反動小說、反動詩歌、反動電影……），一直都會引起人們特殊的敏感、警覺和關注。

〔註 2〕，電通影片公司出品的有聲片《風雲兒女》〔註 3〕、《都市風光》〔註 4〕，明星影片公司出品的有聲片《船家女》〔註 5〕。電通影片公司出品的有聲片《自由神》至今封存在北京小西天的中國電影資料館中，始終秘不示人，外人難知其詳〔註 6〕。

　　《國風》在以往的中國大陸電影史研究中佔有特殊的地位，這個認識和相關信息來自於 1960 年代出版的一本影響至今的電影史著作──《中國電影發展史》的如下描述：

〔註 2〕《天倫》被看作是羅明佑「為討好國民黨反動派」而製作的[1]P349影片，性質類同「反動」。這部影片的具體信息，以及我對這部影片的具體意見，祈參見本書第叁章。

〔註 3〕《風雲兒女》（故事片，黑白，有聲），電通影片公司 1935 年出品；【原作：田漢】；編劇：田漢；【分場劇本：夏衍】；導演：許幸之。我對這部影片的具體意見，祈參見拙作：《左翼電影的藝術特徵、敘事策略的市場化轉軌及其與新市民電影的內在聯繫》（載《湖南大學學報》2008 年第 3 期），其完全版和未刪節（配圖）版，先後收入拙著《黑白膠片的文化時態──1922～1936 年中國早期電影現存文本讀解》（第 29 章）和《黑馬甲：民國時代的左翼電影──1932～1937 年現存中國電影文本讀解》（第拾肆章），敬請參閱。

〔註 4〕《都市風光》（故事片，黑白，有聲），電通影片公司 1935 年出品；編劇、導演：袁牧之。我對這部影片的意見，祈參見拙作：《1933～1935 年：從左翼電影到新市民電影──用 5 部影片單線論證中國國產電影之演變軌跡（下）》（載《浙江傳媒學院學報》2009 年第 6 期），其完全版和未刪節（配圖）版，先後收入拙著《黑白膠片的文化時態──1922～1936 年中國早期電影現存文本讀解》（第 30 章）和《黑皮鞋：抗戰爆發前的新市民電影──1933～1937 年現存中國電影文本讀解》（第伍章），敬請參閱。

〔註 5〕《船家女》（故事片，黑白，有聲），明星影業公司 1935 年出品；編劇、導演：沈西苓。我對這部影片的意見，祈參見拙作：《新市民電影：左翼電影的高級模仿秀──明星影片公司 1935 年出品的〈船家女〉讀解》（載《江漢大學學報》2009 年第 1 期），其完全版和未刪節（配圖）版，先後收入拙著《黑白膠片的文化時態──1922～1936 年中國早期電影現存文本讀解》（第 31 章）和《黑皮鞋：抗戰爆發前的新市民電影──1933～1937 年現存中國電影文本讀解》（第陸章），敬請參閱。

〔註 6〕《自由神》（故事片，黑白，有聲），時長：不詳；編劇：夏衍；導演：司徒慧敏；攝影：楊霽明；主演：王瑩、施超、顧夢鶴、陸露明、王桂林。這部影片的拷貝自 1949 年以來一直封存在中國電影資料館（北京）秘不示人，據看過該片的工作人員稱：「膠片至今尚保存完好，但從沒有以任何形式的錄像、數字載體公開發行」（沙丹：《尋訪自由神：試論 1930 年代左翼影人的啟蒙理想和大眾文藝觀》，載《現代中文學刊》2015 年第 5 期，第 34～40 頁）。由此能推斷出的唯一的解釋，就是因為編劇的身份以及諸多「不便」。

「以羅明佑為代表的右翼勢力，在國民黨反動氣焰的鼓舞下，在國民黨的拉攏和引誘下……拍攝了……《國風》這些直接為國民黨反動統治者效勞的影片」[1] P333~334，「以羅明佑代表的『聯華』反動勢力，在這一時期還更露骨地拍攝了……為反動的政治文化進行宣傳的《鐵鳥》和《國風》……同時，羅明佑又接受國民黨反動派的指示，製作了為『新生活運動』敲鑼打鼓的《國風》。影片由羅明佑自己編劇，並與朱石麟合作導演。在這部影片中，羅明佑通過一個戀愛糾紛的故事，大肆鼓吹了『新生活運動』的重要與成效」[1] P351~352。「《國風》是以羅明佑為代表的『聯華』右翼勢力為國民黨反動派效勞的最集中的體現，是國民黨反動派的反動文化思想在電影方面的典型反映」[1] P353

這裡需要補充說明的是，「聯華」同一年的出品的《天倫》（編劇：鍾石根；導演：羅明佑；副導演：費穆），被指為「消極落後」。[1] P334

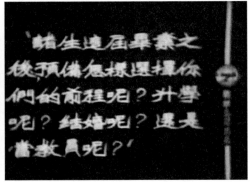

1935 年，聯華影業公司出品的《國風》依然是無聲片。這是因為，在 1920 年代末期有聲電影及其技術進入中國以後，至 1930 年代初期，作為為數不多的大製片公司之一，聯華影業公司態度消極；表面上看，是因為其旗下數量相對廣大的放映網絡，相應的技術改造需要巨額資金。事實上，面對有聲電影時代的到來，「聯華」公司敢於在技術上「故步自封」、「不思進取」，是因為它認為可以憑實力──以內容為王──佔有國內的國產片市場[2]。《國風》的推出，從一個側面再次顯示了「聯華」公司的這種自信〔註 7〕。

〔註 7〕儘管如此，「聯華」公司還是在 1934 年投拍了幾部很好的配音片──在今天看來，它們分別是新市民電影和左翼電影的經典製作，譬如：《漁光曲》《大路》和《新女性》。其中，《漁光曲》上市公映後，連續放映 84 天，打破了明星影片公司的《姊妹花》在 1933 年創造的國產影片連映 60 餘天的最高記錄[1] P334。我對《漁光曲》和《姊妹花》的具體意見，未刪節（配圖）版，祈參

《國風》是阮玲玉自殺（3月8日）前的最後一部作品，因此，影片在片頭的《演員表》後打出了如下字幕，曰：

　　　　　誌哀

　　　　此片為阮玲玉女士在本公司服務最後作品，一代藝人，從此永逝，謹就片端，特致哀敬。

　　其實，在1930年代中國的電影製作行業，這樣的做法倒也不是特例。譬如兩年前（1933年）出品的《漁光曲》，其片頭就有如此字幕：「電光工友金傳松君為攝製《漁光曲》因公殞命，聯華同人謹於片首向金君追悼之敬禮」。這樣的細節，最能體現包括製片商在內的電影製作者們人本主義精神和人文價值取向的社會文化背景。

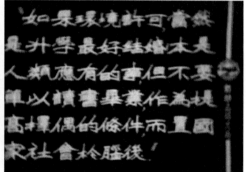

　　然而，能代表1930年代中國電影時代風貌的無聲影片和片頭的「誌哀」，與《國風》的主旋律無關。「聯華」公司創始人之一的羅明佑，曾在1933年4月提出過「拯救國片、宣揚國粹、提倡國業、服務國家」的「四國主義」製片口號[1] P246~247。因此，1935年的《國風》實際上既是製片方代表羅明佑製片方針的具體實踐，也是以他為首的「聯華」上層對民族主義和傳統文化的價

見拙著《黑皮鞋：抗戰爆發前的新市民電影──1933～1937年現存中國電影文本讀解》（2016年版）之第伍章《〈漁光曲〉（1934年）──超階級的人性觀照》、第貳章《〈姊妹花〉（1933年）──雅、俗互滲與高票房電影》（我對《漁光曲》最新意見，祈參見拙作：《新市民電影：超階級的人性觀照和新電影視聽模式的構建──配音片〈漁光曲〉（1934年）再讀解》，載《電影評介》2016年第18期）。我對《大路》和《新女性》的具體意見，未刪節（配圖）版，祈參見拙著《黑馬甲：民國時代的左翼電影──1932～1937年現存中國電影文本讀解》（2015年版）之第拾章《左翼精神強力貫穿下的製作模式硬化與知識分子視角的變更──〈大路〉（1934年）：變化中的左翼電影之二》、第拾壹章《左翼理念與舊市民電影結構性元素的新舊組合──〈新女性〉（1934年）：變化中的左翼電影之三》。

值理解和審美取向的體現；這應該被看作是1930年代屬於社會精英階層的知識分子，其思想、文化立場和相應的價值取向在電影製作中的表達，亦可以將其稱為固守本土傳統文化價值觀念的民族主義藝術方針。

問題在於，影片《國風》將農耕文明和城市文化對立地看待，人為地將影片主旋律置換為執政黨政治話語主導的主旋律電影，並且用理念大於形象的藝術手法來拼接表達，則難免讓人心生反感之嫌。至於影片及其製片策略與政府提倡的「新生活運動」之間的關係，應該被看作是二者在文化建設理念上的重合。進而形成奠定的，是國粹電影的文化基準與藝術標尺。

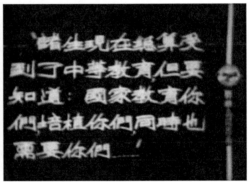

乙、對農耕文明和城市文明的展示、批判：從影片主旋律到主旋律電影的置換

《國風》有兩個截然對立的生活空間和文化背景：一個是景色宜人、秩序井然、自然樸素的鄉村世界，一個是奢靡、墮落、毀壞人倫的城市文化及其生態環境。前者能夠讓人詩意地棲居，後者讓人不能容忍。這是影片的主旋律。

影片一開始，就是優美的鄉村自然環境：山腳，小鎮，小橋，流水，木船，勞作的農夫，溫順的耕牛，整潔蕭靜的學堂。鄉村傳統文化或曰農耕文明是《國風》展示和讚頌的重點。女子學校張校長（林楚楚飾）的大女兒張蘭（阮玲玉飾），因為學業出眾，由學校董事會公費資助赴上海讀書；小女兒張桃（黎莉莉飾）也由她當小學教員的丈夫陳佐（鄭君里飾）出錢資助成行。和姐妹倆同到上海大學讀書的許伯揚（羅朋飾）出身鄉紳人家，也是校董之一的兒子。故事由此展開。

　　鄉村文化／農耕文明的特徵除了注重文化學習之外，還更注重倫理道德對社會生態的嚴格制約和主宰作用。譬如將知識階層看作是對全體社會成員具有榜樣意義的精英階層，擔當著忠誠、尊重、維護和延續傳統文化和生活秩序的重任。正如張校長在學生的畢業典禮上所言：

　　　　「諸生這屆畢業之後，預備怎樣選擇你們的前程呢？升學呢？
　　結婚呢？還是當教員呢？如果環境許可，當然是升學最好，結婚本
　　是人類應有的事，但不要單以讀書畢業，作為提高擇偶的條件，而
　　置國家社會於腦後。諸生現在總算受到了中等教育，但要知道：國
　　家教育你們，培植你們，同時也需要你……」。

　　至少，這是《國風》表現出的良好願望。而這一切，都是有意識的和以上海為代表的城市文明做一個批判性的對比。譬如純樸的鄉下學生來到城市，往往會專注於感官享受從而敗壞傳統道德，許伯揚和張桃就是例證：兩人都無心學業，只熱衷於旅遊交際，輕浮墮落，最後竟發生了婚外戀；他倆回到母校任教後，又把這種只有在城市才能滋生的病毒和惡習帶回淳樸的小鎮。

　　女子學校的風氣隨之大壞，女學生們也都開始燙頭髮、講究衣飾打扮。小鎮寧靜的生活也受到城市的不良影響，譬如老頭子脫下了傳統的長袍馬褂，到街上定製了洋派行頭，穿西服、戴禮帽、拿手杖，然後，自然而然地跟女店員曖昧起來，幸好被他老婆及時發現——當然，他老婆也是剛在街上燙完新式髮型。在《國風》裏面，小鎮上出現的城市氣象，譬如髮廊、咖啡館和商店裏的奢侈品等等，毀壞了傳統生活環境和秩序，更敗壞了人心和道德風紀。

　　對此，影片樹立了正面人物形象和可供全體民眾學習的榜樣，譬如張桃的姐姐張蘭和母親張校長。張蘭是那種艱苦樸素、學習刻苦、愛崗敬業的青年知識分子典型，張校長則是全身心投入為黨國教育事業奮鬥終身的偉大母性形象。

　　一部電影的主旋律一旦被人為設定成理念的傳達，尤其是意識形態的政治宣傳的話，無論出發點多麼良好，都不能不以犧牲生活真實、編造情節作為代價。譬如《國風》為了表現姐姐張蘭的高尚情操，主動把男朋友陳佐讓給妹妹張桃，而當張桃拋棄丈夫後，她又不計前嫌地重新接納陳佐。而影片出格地暴露張桃的輕佻招搖和賣弄風騷，無非是先確立一個反面標靶，然後再讓她悔過自新、警示世人。

最搞笑的是，編導大概也已經意識到語言說教的蒼白和沒有力量，為了說明城市文化對農耕文明和傳統文化的毀壞，其效果會如同洪水猛獸一般，影片中竟然真的就出現了迎面撲來的老虎和滔滔湧來的洪水的畫面（見下圖）──這是整個影片最出彩的地方。至此，《國風》的主旋律已經將影片倒置為主旋律電影，即將民族主義的價值理念與官方主導的意識形態宣傳合而為一。

《國風》成為主旋律電影，本身並不意味著主旋律電影一定是一個貶義詞。但就《國風》而言，實在不能成為褒義詞。因為，到了1935年，新人物、新理念、新思想、新生活和新的激情在左翼電影和新市民電影中層出不窮，相形之下，《國風》的主題和形象新意不是太多。影片中所謂的新生活，其內涵依然是千年來沉重的話題，即古老中國的道德承載和民族傳統的延續，其解決方法依然是非此即彼的二元對立模式。

就當時的電影生產領域和產品市場而言，左翼電影也使用理念提倡和對意識形態圖解的方式[3]。所以，《國風》對執政黨倡導的「新生活運動」的熱烈擁護和政治化宣傳，其實並沒有值得詬病之處。只不過，《國風》實在太實在；而且，當時和後來的中國大陸電影史研究對它的批評，又賦予其太多的意識形態色彩和政治立場判斷，反而忽略了其民族主義的文化價值觀念與文化傳統意義。所以，《國風》的失敗既是雙重的（思想意識和市場回報），又是歷史的和現實的。

說到這裡，無論是當時的觀眾還是現在的觀眾，即使不是從研究者的角度看，恐怕也明白，《國風》已經是影像化的宣教了。《國風》就是想告訴人們，中土之美，之所以被敗壞，之所以被污染，就是源於現代病毒，也就是所謂的城市文化毀壞了農耕文明和傳統文化；政府和民眾要做的就是清除這些病毒，拯救被敗壞的綱紀，開展新生活運動。這時，整個影片圖窮匕首現。這就要牽涉到一個繞不開的問題。

丙、《國風》與「新生活運動」：政府施政理念和舊市民電影架構的生硬組合

1934 年 2 月 19 日，當時的國民黨和民國政府領袖蔣介石在南昌行營做了一個《新生活運動之要義》演講，正式發起「新生活運動」（簡稱「新運」），並與同樣是基督徒背景的夫人宋美齡共同督辦〔註 8〕。「新生活運動」的重心在不同時期雖有所調整，但從當年一直持續到 1949 年民國政府敗退大陸。

「新生活運動」的主要內容是：一、以禮、義、廉、恥為（國民道德的）基本準則；二、從改造國民的衣食住行日常生活做起；三、以整齊、清潔、簡單、樸素、迅速、確實為標準，在一個政府，一個主義，一個領袖之下，絕對統一，絕對團結，絕對服從命令；四、以生活藝術化、生產化、軍事化，特別是軍事化為目標，隨時準備捐軀犧牲，盡忠報國；「蔣介石理想化地希望『新運』能使人民改頭換面，具備『國民道德』和『國民知識』，從根本上革除陋習」；據說蔣推行新生活運動的一個最直接的原因是他到南昌視察，街頭發現有 10 歲左右的小孩在抽煙[5]。

〔註 8〕也有人認為，「新生活運動」的發起和命名是宋美齡的推動和主張，一個重要的原因是為了配合當時美國總統羅斯福推行的「新政」，以獲取更多的美援[4]。

　　拋開「新生活運動」在政治層面的考量（譬如它對黨國一體和專制獨裁在體制和思想上的強調），1930 年代的中國社會尤其是城市，無論硬件配置還是人們的精神面貌，與同時代的其他現代國家相比，顯然有很大差距。因此，「新生活運動」發起者所站的高度和一般國民所站的高度是不同的。作為當時的政府，「新生活運動」無非是要整肅人心道德、規範國民行為意識、提升社會軟實力。

　　同樣不能否認的是，《國風》對新生活運動做了一個電影版的圖解和宣傳，通過鄉村和城市的對比，試圖張揚中國傳統文化中美好的一面，否定現代文明的不良之處，從而增強民族凝聚力、重拾文化自信心〔註9〕。

　　因此，《國風》強調的和需要民眾看到的是，被否定的城市文化和被否定的現代摩登精神（病態氣質、不道德的行為和奢侈之風）、被肯定和大力頌揚的農耕文明背景及其固有的傳統美德。譬如張蘭去上海之前就一值勤奮好學，進城後，城市的墮落與浮躁並沒有改變她淳樸的內心和外表，當同學們講究玩樂成天鬼混的時候，她依然刻苦學習。

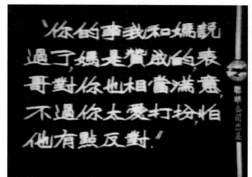

　　影片對張蘭和張桃姐妹同時愛上表哥陳佐的感情線索設置，也是要突出和彰顯傳統的情愛觀念。但讓人詬病的是，當妹妹和姐姐爭愛人的時候，姐姐遵循的是孔融讓梨的風範，主動退讓；等妹妹日久生厭另結新歡之後，又

〔註 9〕回顧1934 年國民政府推行的新生活運動，讓人不勝感慨。對於 1949 年後出生的中國大陸民眾來說，對於這場運動以及蔣氏政權，對它的通俗理解，大概更多的是來自當時的上海畫家張樂平的漫畫《三毛流浪記》。其中就有一組漫畫諷刺新生活運動：新生活運動要求人們夏天不准打赤膊，三毛沒有衣服，就用墨筆在身上畫成水手衫。但是平心而論，直至 1990 年代的北京，夏季的報紙還是有「不要光著膀子乘公交車」的提醒。1960 年代，臺灣推行的中華文化復興運動，實際上就是以往新生活運動的一個延續。反觀大陸，1949 年後的「除四害」是否可以理解為它的承接？因為新生活運動有一條就是要求講究衛生。

安排「梨」（離）人回歸——這和 1949 年後大陸倡導的「毫不利己、專門利人」有異曲同工之妙，因為二者利用和開發的，是同一種在古代也沒有能夠顯現實效的、在一定程度上是反人性的思想資源。

電影《國風》對新生活運動的捲入和主動配合，無論是從投資人和製片方的民營企業角度，還是從持有相同文化價值理念認知的角度，羅明佑的做法本身都無可非議。但《國風》的表演，實在有太多讓人無法接受的地方。譬如張校長的宣講，完全是政府的代言，通篇大言要義。姐姐張蘭訓誡妹妹時更為嚴厲：

> 「如果中國所有的鄉下人都學了城裏的摩登人物，把節儉勤勞的美德，全都丟棄了，那就非亡國不可！」

甚至使用了《聖經》的口吻：

> 「妹妹，你要知道，人生有兩條門路，到滅亡的門，是寬的，路是大的，進去的人也多，到真理的門，是窄的，路是小的，找著的人也少」。〔註 10〕

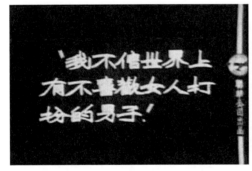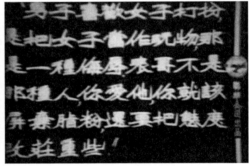

主旋律的生硬必然導致藝術手法的硬化。稍加分析就會發現，1935 年的《國風》所使用的是舊市民電影常用的故事框架，即「兩女爭夫」模式。

它在影片中起初體現為張蘭、表哥陳佐和妹妹張桃的關係，即：女—男—女；隨著張桃編造出姐姐張蘭向許伯揚求愛的情節，其關係格局依然是：女—男—女；與之平行的是許伯揚、張桃和張桃丈夫陳佐的關係，即：男—女—男。最後，四個男女關係演化為兩對各得其所——張桃終究不是陳佐的人，所以她和許伯揚締結良緣；而姐姐張蘭終究還是陳佐的人，所以最後安排兩個昔日的戀人又要破鏡重圓——全盤鎖定女—男、女—男的架構。

〔註 10〕《聖經》的原文是：上天堂的門是窄的，下地獄的門是寬的（馬太 11：12；5：3〜20；13：11〜16；18：12；19：23；提摩太后 4：18；路加 13：24）。

但是畢竟，1930 年代中期，舊市民電影已基本被新電影淘汰出局，所以《國風》在藝術上的落伍和失敗在所難免。《國風》也注意到了並且試圖借鑒當時其他新電影形態——譬如左翼電影和新市民電影常用的加料的手法，即將時尚元素、時代意識調配整合到影片當中。但《國風》的主旋律和主旋律電影的性質，又決定了它加的既不能是左翼電影的革命元素，也不是新市民電影所肯定的世俗和時尚元素，而是政府的施政理念和行動綱領。

譬如，最終將墮落的小鎮和墮落的人們（尤其是張桃和許伯揚）拯救出來的，是轟轟烈烈的「新生活運動」（宣傳）。因此，生硬的圖解只能是《國風》唯一的法寶，而事實又證明，這唯一的法寶既是電影票房的毒藥，也是思想意識的鎖鏈。

丁、結語

《國風》主題思想沉重、表現手法陳舊，最終導致人（道德人心）、財（商業回報）兩空。有研究者認為，「羅明佑親自編導此片，表明了其積極追隨國民黨政府的政治傾向。本片宣傳色彩濃厚，故事基本上建立在空想之上」[6] P383。這對高層已經矛盾重重、當時經濟狀況已不樂觀的聯華影業公司來說，的確開創了一個不好的先例。

在《國風》出品的同一年（1935 年），「聯華」還推出了一部同樣以民族主義倫理和傳統文化主張為底色的同類影片，即《天倫》。《天倫》曾被片商買去出口北美[6] P383，但沒有材料顯示《國風》有很好的市場反響。所以，當次年，在羅、黎二人主張下出品的《浪淘沙》再遭票房失敗後，這兩位「聯華」公司創業元老，終於被其他大股東排擠出局。[1] P457

《國風》的監製、編劇是羅明佑，同時他又是（與朱石麟）聯合導演。再看《天倫》的編導名單，羅明佑也都是監製兼導演。這些證據至少說明兩個

問題。首先，無論兩部影片的主題思想如何界定，影片如何歸類，都不能忽略身為「聯華」創始人和高層首腦之一的羅明佑的價值取向、文化理念和審美標準——而考慮到黎民偉和他同屬廣東老鄉，同樣也具備與民國政府高層政要密不可分的人脈資源背景[7]，羅、黎二人是同道中人是確定無疑。

其次，考慮到 1930 年代初中國電影有新、舊之別——1932 年左翼電影出現，1933 年新市民電影出現，而《國風》《天倫》都無法歸入以上任何一個序列，是否又意味著，一種新電影形態或類型的出現？我最初稱之為「高度疑似政府主旋律影片或曰民族主義電影」[8]，前幾年改稱其為新民族主義電影。但現今我認為，用國粹電影的稱謂，更能說明問題——尤其是將其與前一年的《歸來》〔註11〕和同一年的《天倫》《慈母曲》關聯論證之後。

戊、多餘的話

子、《國風》與主旋律電影

作為現存中國電影史上最早的宣揚政府施政理念的電影文本，《國風》與 1990 年代大陸主旋律電影存在著一種內在精神氣質和文化傳統上的承接關聯，甚至在表現手法和臺詞設計上都驚人地相同。譬如，正面人物之一的姐姐張蘭，積極地投入到執政黨和政府號召的聲勢浩大的新生活運動中，當同樣積極的前夫陳佐向她求婚，準備和她重組家庭的時候，卻被她拒絕了，理由是：

> 「現在我的人生觀改變了，我覺得家庭之愛而外，還有更偉大的愛，這偉大的愛，是要在家庭以外尋求的，這就是我們的教育職責啊」。

〔註11〕《歸來》的具體信息，以及我對這部影片的具體意見，祈參見本書第壹章。

丑、畢業與就業

在1930年代電影中，知識分子的社會精英階層屬性讓人羨慕。譬如教師是受人尊重的職業，也能夠擁有體面的社會地位和生活水準；大學生畢業後的職業選擇和發展空間，也相對其他行業從容，(「畢業即失業」是1940年代出現的社會性問題，是導致國民黨政府迅速垮臺的原因之一)。

《國風》中張蘭姐妹和許伯揚的畢業去向值得稱道：到大城市接受現代最好的高等教育和現代理念，畢業之後把包括跳舞在內的行為意識和現代化的生活方式帶回鄉村，形成效力家鄉、造福一方、服務國家、回饋社會的良性文化生態。

寅、中、日、韓電影之源流

看《國風》時，除了對以往強加給它的歷史性政治標籤感興趣之外，影片的表演風格在某個角度上使我感到很親切。事實上，課堂上我和學生們一邊看，一邊不禁啞然失笑，因為我看到了現今流行於中國大陸的韓劇和日劇風格。1937年抗戰爆發之前，中國電影主要受美國電影的影響，1937～1945年間的中國電影，尤其是淪陷區（以及上海孤島時期）的電影，受日本電影影響巨大，歐美文化色彩減弱。

　　1949 年後（至少直至 1979 年），大陸和臺灣各自的社會體制決定了在整體上相同相近的電影製作模式和話語體系，香港電影則直接地、全面地仰承了 1930 年代中國電影的內在精神和藝術風格；而日本電影和香港電影又對 1990 年代後韓國影視的勃興有一種催生的關係——這其實是一種源流關係，只不過在現今的電影研究中被人為遮蔽和自行忽略。

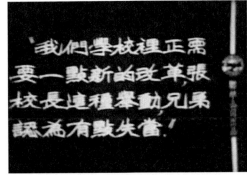

卯、基督徒羅明佑

　　《國風》和同一年的《天倫》（詳見後一章的討論），既是同一性質的類型，也是羅明佑在 1935 年傾盡許多心血的重點影片。解讀文本時，我對兩片中濃重的基督教色彩非常好奇，總覺得不應該是編導臨時起意隨手增添的色彩，但苦無證據。

　　四稿校改時終於看到相關資料：據羅明佑第八子說，乃父後半生（1945 年後）在香港就自願自費傳播基督教，「獻身神的國度」；以至香港人都以為他是職業牧師，後來「就索性當了牧師。再下一步就是接受海外教會封為神學博士」[9]。

　　於是這才明白，1963 年出版的《中國電影發展史》為什麼在給他扣上一個「官僚資本家」帽子的同時，還有一個「基督教牧師」的稱謂[1] P147——算起來，羅明佑牧師當時還健在（1900～1967）。[註12]

〔註12〕本章文字的主體部分（約 6000 字），最初曾以《主流政治話語對 1930 年代電影製作的介入及其藝術轉達——〈國風〉：中國電影歷史中的「反動」標本讀解》為題，先行發表於《浙江傳媒學院學報》2009 年第 2 期（杭州，雙月刊；責任編輯：華曉紅）。其完版版作為第 27 章，收入拙著《黑白膠片的文化時態——1922～1936 年中國早期電影現存文本讀解》時，基本沿用雜誌發表版題目。此次輯入，除了把原成書版的相關鏈接改為注釋，將其閱讀指要與雜誌發表版的摘要合併，並採用雜誌發表版的關鍵詞外，又為丁、結語補充了最後兩個自然段，並均以黑體字標示，以利讀者對比批判（注釋中的新增部

一～三稿：2007 年 6 月 8 日～12 月 31 日
初稿錄入：呂月華
四稿時間：2008 年 2 月 25 日
五稿修訂：2016 年 8 月 25 日～10 月 22 日
六稿校訂：2019 年 7 月 20 日～8 月 22 日
編輯修訂：2020 年 4 月 18 日～22 日
編輯校訂：2021 年 4 月 30 日～5 月 16 日

 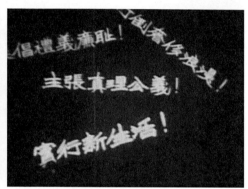

參考文獻

〔1〕程季華，中國電影發展史：第 1 卷〔M〕，北京：中國電影出版社，
1963。

〔2〕黃漪磋，國產影片的復興問題〔J〕//程季華，中國電影發展史：第 1
卷〔M〕，北京：中國電影出版社，1963：159。

〔3〕唐錫光，淺談 30 年代左翼電影的寓言化傾向〔J〕，山東大學學報：
哲學社會科學版，2003（3）：39～42。

〔4〕《宋美齡畫傳》，轉引自新浪讀書（2003-10-24）〔EB／OL〕http://
book.sina.com.cn/songmeiling/2003-10-24/3/21368.shtml〔登陸時間：
2007-6-4〕。

〔5〕百科知識，蔣介石、宋美齡與新生活運動，（2006-12-4）〔EB／OL〕
http://www.3and1.cn/baike/?u=/view/37808.htm〔登陸時間：2007-6-4〕。

分，亦以黑體字標識）；另外，沒有圖片說明的插圖均為影片截圖，且新增四
十二幅。特此申明。

〔6〕酈蘇元，胡菊彬，中國無聲電影史〔M〕，北京：中國電影出版社，
　　　1996。

〔7〕《香港電影之父——黎民偉》，DVD，監製：蔡繼光、羅卡；資料、
　　　編劇：羅卡、吳月華；導演：蔡繼光。香港藝術發展局資助，（香港）
　　　龍光影業有限公司 2001 年出品。

〔8〕袁慶豐，主流政治話語對 1930 年代電影製作的介入及其藝術轉達——
　　　《國風》：中國電影歷史中的「反動」標本讀解〔J〕，浙江傳媒學院學
　　　報，2009（2）：43～47。

〔9〕羅徵桓，羅明佑的神、國和家〔J〕，北京：當代電影，2008（1）：48
　　　～49。

National Customs（1935）: Involvement of Mainstream Political Discourse in Film Production in 1930s and Its Artistic Representation

Read Guide : The director has probably realized the weakness and powerlessness of language preaching. Therefore, in order to illustrate that urban culture is like a flood or a beast ruining farming civilization and traditional culture, the film actually shows images of tigers and torrential floods. More ridiculously, when the two sisters fight for a lover, the elder sister follows Kong Rong's let-pear-go style to let the lover go. After the younger sister is tired of the lover and falls in love with another, the director arranges for the return of the "pear" (the lover) to the elder sister. The involvement of National Customs in the "New Life Movement" and its active cooperation with the "New Life Movement" designed by Luo Mingyou shouldn't be blamed by private enterprises, such as investors and producers or by the people identifying with the same cultural values. However, the theme of the film has marked it as a "main melody" film, which combines the traditional cultural values of nationalism with the official-led ideological propaganda. Especially the dominant preaching tone and oral expression in the film are inevitably criticized. As for the relationship between the film and the "New Life Movement" advocated by the government, it should be regarded as the coincidence of the two in the concept of cultural construction.

Keywords: Reactionary; Nationalism; Luo Mingyou; Urban Culture; Main Melody; New Life Movement;

圖片說明：中國大陸市場銷售的《國風》DVD 碟片。（圖片攝影：姜菲）

第叁章 《天倫》(1935年，刪節版)——
政治話語情結與傳統倫理文化讀解的雙重錯位

圖片說明：中國大陸市場銷售的《天倫》VCD碟片（「俏佳人系列」）包裝之封面、封底。（圖片攝影：姜菲）

閱讀指要：

　　1935年《天倫》的出品，與其說是聯華影業公司主動接受政府當局對電影題材和電影製作的政治化滲透，不如說，當局提倡推行的文化價值標準，與公司大股東兼出品人羅明佑、黎民偉的文化價值標準、藝術宗旨，以及生產經營和教化理念多有交集乃至重合之處。問題在於，無論是當時還是現在，《天倫》都可以被看作是一個儒家傳統文化在家庭倫理層面對觀眾進行單向度道德強化和再教育的電子影像教材，或者說，是一部高度疑似政府主旋律（或曰民族主義）電影的示範性配樂版本——從中國電影史的角度上看，這種形態的電影，現在可以稱之為國粹電影。

關鍵詞：政府當局；傳統文化；政治話語；製片方針；民族主義；國粹電影

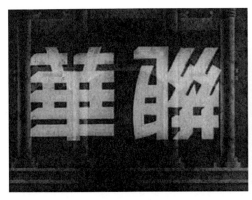

專業鏈接 1：《天倫》（故事片，黑白，配音，刪節版），聯華影業公司 1935 年
　　　　　出品。VCD（單碟），時長 45 分 18 秒。

　　　　〉〉〉**編劇**：鍾石根；**導演**：羅明佑；**副導演**：費穆；**攝影**：黃紹
　　　　　　芬。

　　　　〉〉〉**主演**：林楚楚、尚冠武、黎灼灼、張翼、鄭君里、陳燕燕、
　　　　　　梅琳。

專業鏈接 2：原片片頭及演職員表字幕（以原有格式錄入）

聯華

聯華影業公司出品

A　UNITED PHOTOPLAY SERVICE PICTURE

DOUGLAS MacLEAN presents

Song of China　〈TIAN LUAN〉　天倫

監製與導演

羅明佑

Supervision and Direction

LO MING-YAU

編　劇　　　　　副導演
鍾石根　　　　　　費　穆

攝　影
黃　紹　芬

收　音　　　　　音　樂
鄺　贊　　　　　衛仲樂

樂　隊

Author	Co-direction
CHUNG SHIH-KAN	FEI MOU

Photography

WANG SHAO-FEN

Recording	Music
KWONG CHAN	WEI CHUNG-LO
	ORCHESTRA

Players	演員表
LIM CHO-CHO	林楚楚
SHANG KWAH-WU	尚冠武
LI SHOH-SHOH	黎灼灼
CHANG YIH	張　翼
CHEN CHUN-LI	鄭君里
CHEN YEN-YEN	陳燕燕
MEI LING	梅　琳

For more than three thousand years, filial piety has remained the dominant force in China's history and culture. In their religion philosophy , drama, literature and music, it is truly the "Song of China". The immortal theme is again presented in this authentic picture of modern China, which was produced , written, directed, acted, photographed and musically scored in China by Chinese, and first presented at the Grand Theatre, on Bubbling Well Road, Shanghai, China.

江　地　前　時　序
南　點　清　間　言
•　|　•　|

PROLOGUE

Time：A.D. 1890

Place：South China

專業鏈接 3：影片鏡頭統計

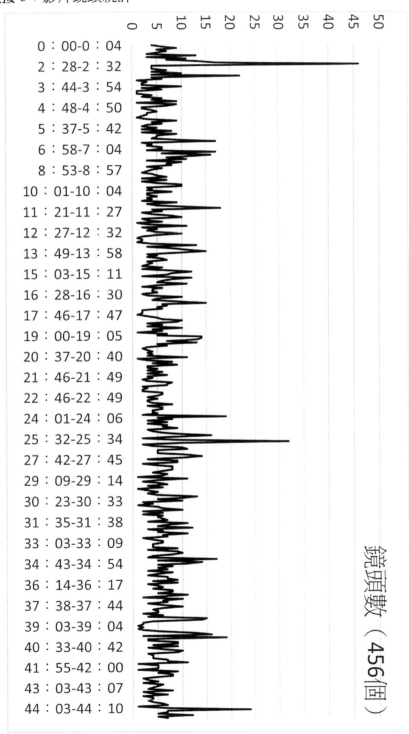

說明：《天倫》全片時長 45 分 18 秒，共 456 個鏡頭。其中：

甲、其中小於等於 5 秒的鏡頭 254 個、大於 5 秒小於等於 10 秒的鏡頭有 154 個、大於 10 秒小於等於 15 秒的鏡頭有 34 個、大於 15 秒小於等於 20 秒的鏡頭有 10 個、大於 20 秒小於等於 25 秒的鏡頭有 2 個、大於 25 秒小於等於 30 秒的鏡頭有 0 個、大於 30 秒小於等於 35 秒的鏡頭有 1 個、大於 35 秒小於等於 1 分鐘的鏡頭有 1 個。

乙、片頭鏡頭 16 個，字幕鏡頭 67 個（其中：交代劇情的鏡頭 11 個，演員表鏡頭 1 個，對話鏡頭 55 個）。

丙、固定鏡頭 278 個；運動鏡頭 94 個。

丁、遠景鏡頭 5 個，全景鏡頭 99 個，中景鏡頭 89 個，近景鏡頭 173 個，特寫鏡頭 28 個。

（數據統計與圖表製作：王雅莘；複核：王宇豪）

專業鏈接 4：影片經典字幕與臺詞（字幕）選輯

「你是我孩子的好母親。你已經給我不少的安慰了。」

"You have been a good wife to my son—a tender mother to his children, and a comfort to his father."

「願上天許我再見我兒子的面吧。」

"May the gods grant that I once more behold the face of my son."

「願望你的兒子恭敬你，如同你恭敬我一樣。」

"May your children live to honor you, as always you have honored me."

「古語這樣話：『父母在不遠遊』」。

"It is an old saying : 'If children must travel, they should travel toward their parents.' "

「要記得這些話：老吾老以及人之老，幼吾幼以及人之幼。」

"Remember these words : Grant all children a place in your heart, and regard the aged as your own."

一個時代以後。

A Generation Later.

「兒子媳婦每晚都在外面花天酒地，連孩子也不管了。」

"Each night, our son and his wife seek only revelry-forgetting they have a child."

「不要太開心，尊夫人看望著你了。」

"Take care　—your wife is watching you."

「孩子的天性是一樣的。他們平日的習慣就可定奪他們的品格了。」

"Children's natures are alike. It is their habits that determine their character."

「孩子的錯誤行為應當是歸責做父母的。也許我是過於柔和吧！」

"Children are often blamed for their conduct when the fault lies with the parents. Perhaps I have been too lenient."

「你常常化用你爸爸的家財，貽誤你的機會。」

"You have been wasting your father's wealth — and neglecting your opportunities."

「我們到城市來是希望你尋得好的出路。誰知你終日花天酒地。」

"We came to the city, hoping that you might seek the path to prominence. Instead, you have chosen the road of pleasure."

「最大的缺點就是只知缺點而不知改過。我們還是返回鄉下吧。」

"The great fault is to see faults and not try to correct them. We will return to the country."

「人生最快樂的事就是看見孫兒長成呵！」

"It is a joy to behold the happiness of our grandson."

「我要去看年老的人，撫養無父母的兒子。」

"I will visit the aged, and care for the orphans."

「你爸爸這樣說過：老吾老以及人之老，幼吾幼以及人之幼。」

"Your father's words : 'Grant all children a place in your heart, and regard the aged as your own.' "

「孔夫子這樣說過：三年無改於父之道可謂孝矣。」

"Confucius said : ' You can best illustrate the teaching of your father by your own conduct.' "

「在城市裏，我們的兒子總可以尋得好的出路。」

"In the city, our son can seek the path to prominence."

「婚事可以不必由父母作主了。」

"Parental consent is a timeworn tradition."

「要記得人生是為服務的。富有的人比窮人的機會多得多哩！」

"Remember, all are born to serve—and the prosperous have the greatest opportunity."

「你以後都有兩個家庭了──你自己的和你爸爸的。」

"You will always have two houses—your own, and your father's."

「有體面的人要守正義的規矩。你為什麼不告我這事。」

"Honorable men observe honorable customs. Why did he not speak to me?"

「你嫂子的說話是很奸狡的，像有刺的種子一樣。」

"The words of your sister-in-law are like seeds of the thornbush sown in the darkness."

「若是你疑惑你所見的，那你怎能信人在你背後談的事哩！」

"If what you see is doubtful, how can you believe what is spoken behind our backs?"

「他的病狀很危險。只有神醫才能治好他。」

"His condition is serious. Only a miracle can save him."

「爸爸，請你饒恕我吧！」

"Father, I humbly beg your forgiveness."

「好兒子，你不用請求吧，我已饒恕你了。」

"My son, there is no need to beg for that which has already been given."

專業鏈接 5：影片觀賞推薦指數：★☆☆☆☆

專業鏈接 6：影片學術價值指數：★★★★★

甲、前面的話

現存的、公眾可以看到的 1935 年的中國電影有五部：三部有聲片分別是
電通影片公司出品的左翼電影《風雲兒女》、新市民電影《都市風光》，以及
明星影片公司的新市民電影《船家女》〔註1〕；其餘兩部影片均出自聯華影業
公司，即無聲片《國風》、配音片《天倫》。在 1960 年代的中國大陸電影史研
究中，《國風》和《天倫》曾分別被稱為「直接為國民黨反動統治效勞」和「消
極落後」的影片〔1〕P334。

這表明，在處於中國電影黃金時代的 1930 年代中期，電影製作業已經出
現執政黨意志和官方意識形態介入的事實。其中一個原因是，到 1935 年，左
翼電影已經大行其道，無論是在思想意識上對民眾的影響，還是市場佔有和
票房回報上，已經與新市民電影一同，成為電影主流；但左翼電影激進的、

〔註 1〕我對《風雲兒女》《都市風光》《船家女》的具體討論意見，祈參見拙作：
《左翼電影的藝術特徵、敘事策略的市場化轉軌及其與新市民電影的內在
聯繫》（載《湖南大學學報》2008 年第 3 期，長沙，雙月刊）、《1937 年國
產電影音樂配置與傳播效果的世俗影響》（載《中國音樂》2011 年第 3 期，
北京，季刊）、《新市民電影：左翼電影的高級模仿秀——明星影片公司 1935
年出品的〈船家女〉讀解》（載《江漢大學學報》2009 年第 1 期，武漢，雙
月刊）。三篇文章的完全版和未刪節（配圖）版，先後收入拙著《黑白膠片
的文化時態——1922～1936 年中國早期電影現存文本讀解》《黑馬甲：民國
時代的左翼電影 1932～1937 年現存中國電影文本讀解》和《黑皮鞋：
抗戰爆發前的新市民電影——1933～1937 年現存中國電影文本讀解》，敬
請參閱。

反強權的、反體制的，以及指向鮮明的暴力革命色彩和意識形態宣傳，引起了政府當局強烈的不安和一系列政治和文化政策反彈。

從這個偏狹的角度上看，《國風》和《天倫》都可以劃入「聯華」在1935年為政府當局的施政方針站臺吶喊的主旋律製作序列。作為公司重點推出的影片，甚至兩部影片的製作班底都一樣，譬如監製和編導都由羅明佑擔任，製片主任是黎民偉，兩片均由黎民偉的太太林楚楚出任女主演，男主演裏都有鄭君里的出鏡〔註2〕。

但是，為什麼1960年代的中國大陸電影史研究將《國風》視為「反動影片」，而《天倫》則被從輕發落為「消極落後」？在1949年以後中國大陸的政治生態和話語體系當中，二者雖然屬於同一個被革命和被否定的意識形態考量等級，但在懲處力度上，卻有先後、輕重之別。

從表面上看，這是因為《國風》中，不僅有諸多當局提倡的「新生活運動」的正面表現場景，更有許多南京國民政府的標示性對象，譬如青天白日旗，而《天倫》幾乎沒有（交代朝代更迭的，用的還是1912～1927年中華民國北洋政府的第一面法定國旗——紅、黃、藍、白、黑五色旗[2]，當然現今人們看到的《天倫》刪節版，也許原版本中有）。實際上，根本的原因在於人，其次在於影片本身的表現方式。如果說，《國風》有對民國政府倡導的「新生活運動」的大力鼓吹，從而帶有強烈的政治話語色彩的話，那麼《天倫》在儒家的傳統文化色彩之外，還帶有濃鬱的基督教文化成分。

譬如《天倫》中，女主人公（婆婆）指責兒媳婦，說兒媳婦的話「如同有刺的種子一樣」，這是典型的《聖經》譯文體；而男主人公（公公）辦的孤兒

〔註2〕《國風》的具體信息以及我對這部影片的具體意見，祈參見本書第貳章。

院則更像有宗教背景的育嬰堂，因為有孩童們為他們的恩人祈禱和跪拜的儀式。面對兒子、兒媳最終浪子回頭的回歸，男主人公表示的是「饒恕」（而不是長輩常說的「寬恕」一詞）——這就很容易讓人聯想到「新生活運動」的發起者蔣介石和宋美齡的基督徒背景〔註3〕。

如果說，以表現家庭婚姻倫理為主題的舊市民電影，可以用「有錢人終成眷屬」來概括，那麼，在政治文化背景下的《天倫》，則可以用「做孝子賢孫才是正道」來總結——而這種理念，又不能簡單地視為政府和製片商情有獨鍾的各自表白，而是二者在傳統文化法理層面的共識與重合——這就是所謂國粹電影的主要內核。

For more than three thousand years, filial piety has remained the dominant force in China's history and culture. In their religion philosophy, drama, literature and music, it is truly the "Song of China". The immortal theme is again presented in this authentic

again presented in this authentic picture of modern China, which was produced, written, directed, acted, photographed and musically scored in China by Chinese, and first presented at the Grand Theatre, on Bubbling Well Road, Shanghai, China.

乙、《天倫》的政治文化背景：政府對電影生產和思想的雙重介入與強力滲透

早在 1932 年，左翼電影剛剛嶄露頭角、尚未形成高潮之時，國民政府已經開始做出思想文化上的積極反應，其背景是當時內外交困的政治、軍事形勢：1931 年 9 月 18 日，日本全面侵略和佔領了中國的東北地區；1932 年 1

〔註3〕羅明佑和黎民偉雖然同屬創辦聯華影業公司的高層首腦，也都是國民黨黨員（黎民偉還是國民黨「同盟會」時期的資深前輩），但在 1949 年後的中國大陸政治語境中，國民黨有右派和左派之分：右派是反動的，是共產黨的死敵，左派是可以被爭取和統戰的對象，是一定程度上的同路人。羅明佑出身商賈世家，三叔羅文幹曾出任北洋軍閥政府的司法、財政和外交總長[6]P204，並「公開與國民黨合作」[1]P332，自然被看作是右派（即反動派）。黎民偉雖然也是祖籍廣東、世代經商，但由於有早年追隨孫中山並為其拍攝新聞影片的革命經歷，所以被提拔為左派（即追隨革命的一派）。其實，無論是政治傾向還是文化價值理念，羅明佑和黎民偉都是五十步與百步的同一屬性——「看人給菜」，從來都是政治硬盤中時刻更新的病毒專殺軟件。

月 28 日，日本進攻和轟炸了上海，最後在「國聯」和英、美、法等國調停下簽署《淞滬停戰協定》，規定「上海至蘇州、崑山一帶地區中國無駐兵權，承認上海為非武裝區，而日軍可在上述地區留駐若干部隊」[3]。

內政方面，中國共產黨於 1931 年 11 月 7 日在江西小城瑞金，成立中華蘇維埃共和國臨時中央政府，頒布《中華蘇維埃共和國憲法大綱》[4]，與民國政府分庭抗禮。出於對最具大眾性和宣傳性的電影行業控制的考慮，民國政府在 1932 年成立中國教育電影學會，制定了電影取材標準，提出「發揚民族精神」、「鼓勵生產建設」、「建立國民道德的方針」；國民黨元老陳立夫發表《中國電影事業的新路線》一文，提出「和平的、互助的、適中的、感覺的、精神的、主靜的」「東方文化」和「固有的舊道德」，把「電影取材的最大原則」規定為「忠孝、仁愛與信義和平」[1] P294。

1933 年，這些具有濃重黨政色彩的思想政策直接針對方興未艾的左翼電影運動，並體現在黨營電影機構的建立上。同年 10 月，國民黨中央宣傳部在首都南京成立了東方影片公司，民國政府南昌行營政治訓練處成立了「電影股」，直接投入到為政府施政方針和軍事行動的政治宣傳中去[1] P294。這兩個機構雖然在影片製作上沒有什麼建樹，但從此結束了中國電影全部由民間企業投資經營的歷史。

同年（1933 年）9 月，官方專門設立電影檢查機構，強化電影檢查制度，在國民黨中央宣傳委員會下成立「電影事業指導委員會」，下設「劇本審查委員會」和「電影檢查委員會」，以代替原來直屬於內政部和教育部的「電影檢查會」的工作，並把對電影的審查範圍擴展到劇本；11 月 12 日，受當局指使的特務組織藍衣社搗毀了出品左翼電影的藝華影片公司[1] P296~297。

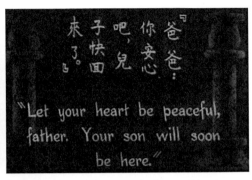

1934 年，政府對左翼電影的打壓日趨嚴厲。譬如，從當年 11 月到 1935 年 3 月，電影檢查機關禁止了 83 個電影劇本的拍攝，代表外國政府在上海權益的租界工部局，也禁止在電影中出現「九‧一八」和「一‧二八」這樣容易引起時局敏感的字樣[1] P304。與此同時，政府加強了官方意識形態和施政方針對電影製作在指導思想和主題設置的滲透力度，開始試圖將思想壟斷和價值判斷體系移植到電影當中。突出的例證，就是政府當局在當年提倡的「新生活運動」。

1934 年，蔣介石在對中共武裝力量發動軍事「圍剿」和在國民黨統治區實行文化「圍剿」的同時，在江西省城南昌發起整肅道德人心、改良社會風氣的運動。因其從改造國民的日常生活入手，所以被命名為「新生活運動」。政府試圖從倫理綱常的文化傳統中發掘資源，譬如以禮、義、廉、恥為基本準則，整頓和控制民眾的思想和行為意識，以擺脫左翼思潮尤其是共產主義思想的影響，強化其合法統治[5]。

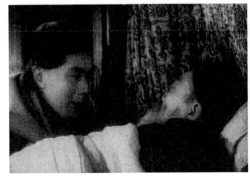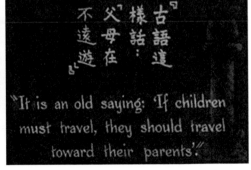

具體到電影製作，則體現在對各民營電影公司尤其是大製片公司在這類題材製作和出品方面的扶持。譬如，明星影片公司除了拍攝政府重點扶持的主旋律電影（如《婦道》《重婚》）外[1] P328，還在影片《女兒經》的結尾處直

接加入支持「新生活運動」的片段[1]P315。相形之下，作為當時三大製片公司之一的聯華影業公司，似乎是政府政治話語強力滲透的重點。實際上，這與聯華影業公司的企業構成歷史，以及上層勢力的文化價值取向及其特殊格局有著直接的關係。

聯華影業公司是1930年在以羅明佑的華北公司（掌控北方電影放映和發行網）和黎民偉的民新影片公司（專營製片）的基礎上，合併其他相關中小電影與印刷企業成立的。聯華影業公司成立之初，就提出「復興國片，改造國片」的口號[1]P148。

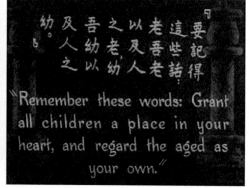

按照《中國電影發展史》的說法，羅明佑、黎民偉二人「在政治上接近國民黨」[1]P246，所以在1933年，羅明佑以追加投資的方式掌控了聯華影業公司的經濟和製片大權後，提出「拯救國片、宣揚國粹、提倡國業、服務國家」的「四國主義」製片方針[1]P246，逐漸減輕左翼電影的生產比重。1934～1935年間，聯華影業公司出品了26部影片，其中「相當大的比重」，是像《國風》這樣「直接為國民黨反動統治效勞」，以及像《天倫》這樣「消極落後」的影片[1]P334。

但是在我看來，與其說，聯華影業公司是被動接受政府當局對電影題材和電影製作的政治化滲透，不如說，國民政府提倡的傳統倫理道德和文化作品的價值標準，與聯華影業公司高層羅明佑和黎民偉的藝術和生產經營理念有諸多重合的地方。一個最好的例證是，1934年，政府將「國產影片比賽的第一獎」授予「聯華一廠」出品的《人生》（編劇：鍾石根；導演：費穆）。[1]P332

　　另一方面，聯華影業公司雖然名義上合併了幾家公司，但實際的經營權還是分散在原來不同的實體，譬如羅明佑、黎民偉所控制的，只是聯華影業公司的第一攝影廠。1934年和1935年，「聯華」的整體經營狀況陷於困境，正是為了擺脫這種財政困境，羅明佑抽調大量資金，去拍攝得到政府和官方鼓勵的類型影片[1]P332。不論是從羅明佑自身的製片方針還是從市場佔有角度來看，這些本來都是無可非議的做法。

　　況且，羅明佑、黎民偉主持的聯華影業公司前一年（1934年），已經出品了引起廣泛注意的左翼電影如《大路》〔註4〕和《神女》〔註5〕，以及刷新有聲片時代國產電影高票房記錄的新市民電影《漁光曲》（連映84天，打破了明星影片公司在前一年即1933年《姊妹花》連映60餘天的記錄）〔註6〕。在

〔註4〕《大路》（故事片，黑白，配音），聯華影業公司1934年出品；編劇、導演：孫瑜。我對這部影片的具體意見，祈參見拙作：《左翼電影製作模式的硬化與知識分子視角的變更──從聯華影業公司出品的〈大路〉看1934年左翼電影的變化》（載《蘇州科技學院學報》2008年第2期）、《左翼電影的模式及其時代性──二讀〈大路〉（1934）》（載《玉溪師範學院學報》2019年第4期），前一篇文章的完全版和未刪節（配圖）版，先後收入拙著《黑白膠片的文化時態──1922～1936年中國早期電影現存文本讀解》和《黑馬甲：民國時代的左翼電影──1932～1937年現存中國電影文本讀解》，敬請參閱。

〔註5〕《神女》（故事片，黑白，無聲），聯華影業公司1934年出品；編劇、導演：吳永剛。我對這部影片的具體意見，祈參見拙作：《城市意識與左翼電影視角中的性工作者形象──1934年無聲影片〈神女〉的當下讀解》（載《上海文化》2008年第5期），其完全版和未刪節（配圖）版，先後收入拙著《黑白膠片的文化時態──1922～1936年中國早期電影現存文本讀解》（第24章）和《黑馬甲：民國時代的左翼電影──1932～1937年現存中國電影文本讀解》，敬請參閱。

〔註6〕《漁光曲》（故事片，黑白，配音，殘片），聯華影業公司1934年出品；編劇、導演：蔡楚生。我對這部影片的最新意見，祈參見拙作：《新市民電影：超階

這樣的背景下，《天倫》的出現，並不違背羅、黎對「聯華」公司藝術生產掌控和市場追求的商業方針。

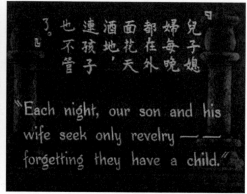

丙、文本解讀：「天倫」無辜，《天倫》有錯

無論從社會道德建設還是從藝術創作角度，對「禮義廉恥」等倫理觀念的強調提倡都是沒有錯的，但影片《天倫》卻難免招人詬病。影片的英文名稱被翻譯為 *Song of China*，其時代背景從清朝末期直到民國初年，（在影片中除了文字，還用清王朝的龍旗和民國初年使用的五色旗做了過渡交代）。無論是當時還是現在，《天倫》都可以被看作是一個配了音樂的、儒家傳統文化在家庭倫理道德層面的示範性圖解，也就是對觀眾進行道德再教育的電子影像版教材。這樣的判斷基於如下兩方面的理由。

首先，是影片《天倫》主題思想的陳舊。

貫穿影片始終的就是對傳統生活及其道德觀念的強調。道德本身其實並沒有過錯，問題是，只有符合人性和時代訴求的道德才可以稱得上道德，否則就不是；（與其相關的倫理觀念也是同樣）。因為在中國傳統文化和哲學體系中的另一個重要組成部分──老莊思想當中，對「道」的解釋是建立在符合自然人性和社會規律的基礎之上的。而影片當中極力提倡的、傳統的大家族生活以及傳統的道德倫理觀念，一方面侷限在以孔孟為代表的儒家傳統理念體系中，另一方面又與時代的發展對立。

級的人性觀照和新電影視聽模式的構建──配音片〈漁光曲〉（1934 年）再讀解》（載《電影評介》2016 年第 18 期）。

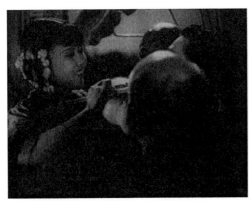 

　　譬如影片一開始，就是主人公在從外地趕回家鄉為父親送終的交代，以懺悔的方式表達對儒家倫理的重視，（「父母在，不遠遊」）。整個影片只是強調表現兒女子孫能否符合老一代人在生活方式（鄉村生活）和道德規範上的要求（「三年無改於父道，可謂孝矣」）。影片最後，主人公的孫子接替了老人的位置、繼承了為孤老和孤兒們服務的職守；不孝兒女也受到感化，重新回到鄉村、回歸傳統，在人身依附和思想兩個方面認祖歸宗（「老吾老以及人之老，幼吾幼以及人之幼」）。

　　這樣的價值理念和思想主題，正如有的研究者指出的那樣，雖然「其創作態度是十分嚴肅的」，但「他們迴避了具體的社會條件和現實，所描繪的『理想之邦』終究如海市蜃樓一般虛無縹緲。這也正是本片的令人遺憾之處」[6]382。實際上，這樣的價值理念和思想主題，無論是在當時還是在今天來看都是脫離了時代和社會現狀，更不要說整個影片當中呈現的那種氣氛和環境，讓人恍然回到像魯迅1924年的小說《祝福》當中祥林嫂生活的那個窒息人性、了無生趣的舊時代、舊環境。

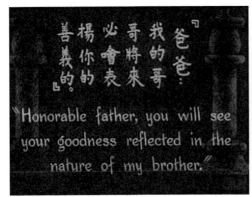 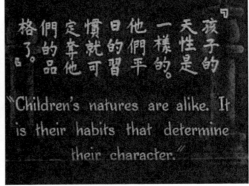

　　而1930年代的中國社會，正處在傳統社會向現代化社會快速轉型時期，城市在發展和崛起，同時城市的鄉土和文化根基──農村社會難免開始萎縮和沒落。《天倫》極力強調農村美麗宜居的自然田園風光，強調傳統的道德倫理，提倡傳統的文化和生活，同時把城市和城市化生活看作是容納罪惡和不孝的必然產物，從而與鄉村社會形成二元對立格局。

　　影片雖然基本上沒有很多城市生活的具體展示，但是不孝的兒子和兒媳堅持要求離開大家族到城市去，女兒也與人私奔離開鄉村，都是在表明城市本身所具有的罪惡／蠱惑色彩。影片當中祖父教小孫子誦讀四書五經的細節，呈現出排斥西學新知的保守色彩，顯然脫離了時代的發展。在當時的左翼電影中，1930年代是善與惡纏鬥、對立的一個時代。這個，恐怕是《天倫》思想力最致命的薄弱環節所在。

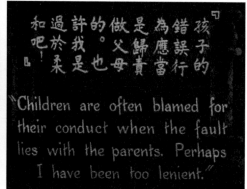

　　其次，與主題相呼應的是《天倫》藝術表現的陳舊和落伍。

　　到了1935年，中國電影已經成為1930年代最有活力的思想和文藝載體之一，其所取得的成就，完全可以和當時中國現代小說的輝煌成就比肩，更不用說左翼電影和新市民電影已經完成了雅、俗在文化上的相互滲透和轉化過程，新手法爭奇鬥豔，能夠即時師法同時代西方電影的表現技巧。但《天倫》的手法依然簡單直觀，似乎和1920年代的舊市民電影有得一比。

　　譬如影片一開始，老父親在草地上放牧羊群，緊接著就是老鳥在哺育一窩小鳥的鏡頭，象徵著主人公（及祖父和孫兒）一代又一代人的天倫之樂。為了強調田園風光和傳統生活的情趣，更給小孫子安排一個躺在草地上牧笛橫吹、羊群環繞的詩意化的鏡頭，試圖勾勒出鄉村社會中「天人合一」、人與自然和諧共生的美好景象。這顯然有賴於副導演費穆（**羅明佑掛名導演**）的出色藝術功力，但的確給人一種是硬做出來的「戲」[6] P382的感覺。

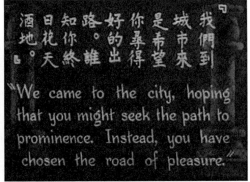

再次，作為配樂片，《天倫》全部採用民族樂器，極具地方特色的廣東音樂曲式令人印象深刻，但聲畫結合處理得呆板、機械。而字幕（打出的臺詞對話和介紹性語言），幾乎全使用舊式的書面語言，半文不白。譬如當小姑受到嫂子的慫恿和蠱惑，要和張李私奔被父母發現的時候，母親指責的話竟然是：「你嫂子的話是很狡詐的，如同有刺的種子一樣」。這句話是用中文寫的，但實在和漢語的日常表達沒有什麼關聯，倒像是蹩腳的英文翻譯。

作為電影，《天倫》最薄弱的地方是矛盾衝突及其情節設置。實際上，整個影片可以說幾乎沒有什麼完整的、能夠構成戲劇衝突的元素組合。它描述的是一個鄉村家族內部家長裏短的故事，完全屬於1920年代舊文藝作品和舊市民電影所要表現的內容。譬如表現兒輩的不孝，就是喝酒賭博，惡媳和公婆鬥法，以及小姑沒有遵從「父母之命、媒妁之言」的私奔。

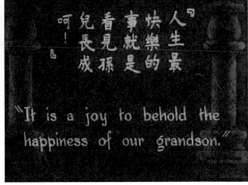

奇怪的是，就是在這種錯亂的、不成體系的所謂的情節堆積當中，影片還要極力設置一個高潮：當主人公一病不起時，鄉下大夫說：他的病狀很危險。只有神醫才能治好他。而能讓老人家起死回生的神奇療效，就在於兒子和兒媳突然毫無徵兆地改邪歸正，回到了父親身邊。同時，老人的孫子接替

了老人的位置，繼續主持養老院和孤兒院。於是老人霍然病癒，一家人重享天倫之樂。

顯然，這樣的設置和處理過於生硬，等同於道德說教，藝術表現力大打折扣（當然，這是對刪節版的評價，或有不全面之嫌）。

丁、結語

雖然《天倫》是聯華影業公司動員了第一攝影廠的「全部人力和資力」拍攝的重點影片，但思想和藝術上的雙重陳舊落後，使得影片的觀賞很是艱難[註7]。羅明佑為影片的宣傳，本身就「耗資甚多」[6]P374，上映後又「不受觀眾歡迎」[1]P349、「觀眾並不踴躍」[6]P374，結果不僅加深了「聯華」的經濟困難[1]P349，更直接導致羅明佑「退讓賢能」，由他人「總覽全權」[6]P374，這種結果是順理成章的。

需要特別說明的是，現存的、公眾可以看到《天倫》不是影片全本，而是一個刪節版。據說，當年《天倫》國內公映後，即被「一在華旅遊的美國影片商人看中」，將片子帶回美國後重新剪輯，將原來的「十四蟠縮減為七卷」後公映[6]P383。另外，原片時長據說應該有「65分鐘，而現在我們看到最多的則是一個不到50分鐘的殘本，是英國電影學院1980年在倫敦老電影院倉庫裏發現的」[7]。

其實，《天倫》真正的「錯誤」主要在於其出品時間是在1935年。1935年是電影界新理念大行其道的時代，是新生活蓬勃展開的時代，是包括新女性在內的新青年輩出的時代，也是新的審美需求旺盛和新道德勢力壯大的時代。而上述一切的新特點，都被及時和具體地體現在電影製作中。因為，這也是新的觀眾群體和新的電影市場已經養成的時代。因此，《天倫》的失敗，聯華影業公司和羅明佑、黎民偉付出的是思想、藝術和經濟代價，政府當局付出的是政治代價，歷史和觀眾回報的是一聲歎息。

但是，從當時左翼電影、新市民電影已經基本將舊市民電影逐出電影市場的事實來看，聯華影業公司1935年出品的《天倫》（配音片）和《國風》（無聲片），1936年出品《慈母曲》（有聲片），又是一種完全不同於左翼電影或新市民電影的形態──十幾年前，我將其稱為高度疑似政府主旋律影片或

[註7] 即使放在今天，作為研究對象，《天倫》也實在是太沉悶。所以，認真看過全片的研究者說影片「甚至類似於一部說教味濃厚的教科書」。[6]P382

曰民族主義電影，後來，又改稱其為新民族主義電影。現在看來，應該將其歸納命名為國粹電影。

這是因為，第一，從時間階段上看，它同屬於新電影——正因如此，當時的評論者才稱讚《天倫》是「中國影壇一部稀有的作品」[8]、「達到了中國默片的最高峰」[9]；第二，從一脈相承的主題思想上看，它既堅決反對左翼電影的激進與革命立場，又極力反抗新市民電影投機性的世俗精神娛樂和都市文化消費理念——這是中國電影發展的第三條道路——從中國電影歷史的角度看，這條道路的建設和行進，艱辛而漫長，但已然開拓有日、來日方長。

戊、多餘的話

子、費穆與《天倫》和《小城之春》

名義上，《天倫》的導演是羅明佑，費穆只是副導演。羅明佑身為監製又列名導演，除了表明羅明佑對影片的重視之外，還有一個重要原因，那就是他對主題思想的認可——雖然影片很「失敗」。我感興趣的，是影片實際上的導演費穆（1906～1951）。

費穆1932年加入聯華影業公司，導演的作品有《城市之夜》（1933）、《人生》（1934）和《香雪海》（1934），這三個由阮玲玉主演的無聲片，現在公眾都看不到。不過就1935年的《天倫》而言，它的失敗卻為費穆后來同樣不合時宜的名片《小城之春》（文華影業公司1948年出品）留下了伏筆、奠定了基調。因為在我看來，《天倫》和《小城之春》之間有著深刻的、內在的思想文化邏輯和藝術脈絡關係。[註8]

〔註8〕我對《小城之春》的讀解意見寫過不止一篇文章，但迄今沒能發表，敬請關
　　　注為盼。